KB217792

저는 그냥 제가 되게 행복했으면 좋겠습니다.

나는 가끔
나와
헤어지고
싶다

국립국어원 맞춤법을 따르되, 글맛을 살리기 위해 대화 등 일부는
지은이 고유의 표기를 반영합니다.

나는 가끔 나와 헤어지고 싶다

인생 권태기 극복법

ㅇㅅ

고등학생 때 친구들과 나눈 이야기가 여전히 생생하다. 아무렇지 않은 날씨가 편안한 가을 저녁이었다. 급식을 먹고 야간자율학습이 시작되기 전, 운동장에서 잠깐의 여유와 가을바람을 즐기고 있었다. 낮에서 밤으로 넘어가는 맑은 남색의 하늘이 유독 예뻤다.

서로를 바라보며 떠오르는 색을 이야기했다. 노란색, 하늘색, 보라색. 은은한 파스텔톤이 떠오르는 친구도 있었다. 번쩍거리는 금색이 어울리던 친구는 대체 왜였는지 지금은 기억이 잘 나지 않는다.

"너는 항상 뚜렷한 색을 가지고 있는 것 같은데, 그때그때 색이 다 다른 느낌이야."
나를 바라보며 건네준 친구의 한마디가 10년이 넘도록 머릿속을 떠나지 않고 있다. 평범했던 어느 저녁은 시간이 지날수록 또렷해지고 있다. 시간이 흐를수록 나는 더욱이 그날의 그 말처럼 살아가고 싶다.

그때는 빨리 어른이 되고 싶었는데 어느새 어른의 나이로 꼬박 10년을 살았다. 피할 수 없이 앞자리 3을 달게 되었다. 다시는 돌아갈 수 없는 20대에 대한 아쉬움이 아예 없다고 하면 거짓말이겠지만, 나는 비로소 오롯이 행복해진 기분을 만끽하고 있다.

10년 동안 참 자유롭고 솔직하게 살아왔다. 알수록 알 수 없는 나 자신과 끊임없이 대화를 나누었고, 쉼 없이 변화하는 나와 오래도록 변함없는 내 모습을 이해하려 노력했다. 어렵고도 쉬웠고, 고통스러우면서도 즐거웠다.

하고 싶은 걸 했고 하기 싫은 건 하지 않았다. 애초에 그 좋은 대학도 내가 가고 싶어서 갔다. 다른 것에는 별다른 재능이 없었고 그나마 공부가 가장 적성에 맞았다. 솔직히 공부보다는 성적을 내는 것이 재미있었다. 나의 노력이 나의 등수로 반영되는 것이 고되지만 짜릿했다. 누군가를 직접 좌절시키지 않고 궁극적으로는 나 자신과의 경쟁을 해야 하는 것이 성격에도 잘 맞았다. 생각해 보면 우리 부모님은 내가 좋은 대학에 가든 가지 않든 별 상관이 없으셨다. 마침, 딸이 공부를 좋아하니 적극 도와주셨을 뿐이었다. 나의 존경하는 두 양육자는 내가 하고 싶은 것을 더 잘할 수 있게 도와주는 훌륭한 조력자의 역할에 전념했다. 나는 그렇게 어른의 나이를 맞이했다.

완벽주의에서 발현된 섭식장애에도, 아무것도 모르는 나이에 얼레벌레 대중 앞에 섰던 예능 프로그램 출연에도, 어렵게 합격한 공기업 아나운서를 일곱 달 만에 때려치운 것에도, 아무 거리낌 없이 넓은 의미의 사랑을 시작한 것에도 온전한 자유의지가 있었기에 후회 없는 마침표를 찍어낼 수 있었다. 그리고 30대의 시작과 앞으로 맞이할 더 큰 숫자의 나이가 막연한 우울감보다 막연한 만족감과 설렘을 가져가 주는 것도 모두 '자유롭고 솔직한 삶의 태도'가 만들어낸 축복이 아닐까 생각하고 있다.

이 마음을 담아 책을 썼다. 부단히 나를 미워해 왔고, 아직도 내가 가진 안팎의 껍데기와 나로 살아야 하는 인생이 빈번히 밉지만 그럼에도 불구하고 다시금 행복해질 수 있는 것은 오로지 솔직함과 자유로움 덕분인 것 같아서.

아주 솔직하게 썼으니 아주 자유롭게 읽어주시면 좋겠다.

내 마음대로 글을 줄지어 놓았다. 그러니 부디 당신의 마음껏 글을 골라 읽으시길. '순서대로' 말고 '마음대로'. 목차를 보고 당신의 마음이 택하는 제목의 글을 만나보시라. 어느 날의 기분이 무심히 지나친 제목이 또 다른 날의 마음에는 크게 들어오기도 할 것이다. 그날의 마음에 들어오는 글이 그날의 당신에게 꼭 맞는 글이길 바란다.

당신의 맑은 눈길을 잠시나마 잡아둔 어느 문장이 되도록이면 오래도록 당신에게 위로가 되었으면 좋겠다.

단정하게 복작이는 합정동 하늘길에서

김진아 드림

Part 2 나는 가끔 나와 헤어지고 싶다 105

Part 01.

나에게 가장 다정해지기로 했다

누구보다 내가,

누구에게보다 나에게,

가장 다정한 삶을 살아가고 싶다.

팥앙금 자존감

#1

자존감 self-esteem

사전에 '자존감'을 검색하면 '자신을 존중하는 마음'이라는 풀이를 보게 된다.

이를 더욱 일상적으로 풀어내면 나 자신을 사랑하는 마음일 테고, 조금 더 늘려보자면 나 자신을 사랑하고 오롯이 받아들이는 마음 정도.

사랑과 존중이라는 말에는 필연적으로 다정함과 따뜻함이 묻어있다.

그러니까 결론적으로,

자존감은 다정하고 따뜻한 것이어야 한다.

#2

대한민국 대다수 10대와 20대 초반의 나이가 부여받은 일련의 공통된 미션들을 퍽 후회 없이 수행하고서 사회에 던져진 나에게, 이제는 자존감이라는 게 부여되기 시작했다.

이는 어린 날의 내가 부여받은 미션들과 비슷한 느낌을 자아내고 있었다.

그런데, 자존감이, 대체 왜?

자존감이라는 것을 내 머리와 마음,
내 인생에 집어넣을 때 그것은 또 하나의 미션이 되었다.

"높은 자존감을 가지고 살아야 합니다."
"자존감이 높아야 진정으로 행복할 수 있습니다."

나는 '높은 자존감'을 갖기 위해 한 번 더 노력해야 했다.
나는 정신없이 바쁜 와중에도 "높은 자존감"을 갖기 위해 한 번 더 노력해야 했다.

나는 때때로 바닥까지 무너져 있는 와중에도 높은 자존감을 갖기 위해 한 번 더 노력해야 했다.

나는 하루하루 살아가는 것조차 대단할 만치 버거운 상황 속에서도 높은 자존감을 갖기 위해 한 번 더 노력해야 했다.

인간이기에 자존감은 파도처럼 높아졌다 낮아졌다 일렁이는 것이 당연한 와중에도, 나는 끊임없이 높은 자존감을 지향해야 했다.

그러던 어느 순간,
문득 나는 내 인생이 꼭 쥐고 있던 높은 자존감을 툭 놓아버렸고, 그때부터 나는 보다 행복할 수 있게 된 것 같다.

아니, 나는 보다 '나'로 살 수 있게 되었고,
'보다 행복하다'라는 건 '같다'가 아닌
'확신한다'라는 표현과 함께 쓰고 싶다.

#3

나는

소중한 나의 인생 내내

자존감을

두 손에 꼭 쥔 한겨울 호빵처럼 가져가고 싶은 마음이다.

내게 따뜻함과 보드라움과 다정함과 포근함을 주는, 자존감은 나의 인생에 이런 단어로 있어 주었으면 좋겠다.

때때로 뼈가 시릴 만치 외로운 삶 속에서도 자존감은 나와 동일시되어 내 곁을 떠나지 않았으면 싶다.

무한한 높이의 암벽을 등반하듯

평생 높은 자존감의 벽을 타고 올라야 하는 게 아니라,

자존감이 호빵 앙금처럼 따끈따끈하게 나를 좀 품에 안고 살아가 주면 참 좋겠다.

꾸밈없고 달큼하고 맑게,

그러니까 기왕이면 팥.

꽃향기

나이를 먹을수록 덜어내는 것이 있고,
나이가 들수록 중시하게 되는 것이 있다.

외출 시 근사한 행색에 대한 강박(옷차림이나 화장 뭐 그런 것), 나에 대한 타인의 평가, 사회적 기준이나 다수의 취향, 북적이는 술자리와 휴대전화 케이스 같은 것들이 전자고 나와 내 사람의 행복, 동거 중인 고양이들의 건강 그리고 마음을 누일 수 있는 조용하고 작은 단골 가게나 영양제, 두피케어 빗과 향수가 후자다.

"당신과 가장 어울리는 향은 무엇이고 왜 그렇다고 생각하시나요?"

퍼스널 브랜딩이 대세라기에 며칠 전 비대면 퍼스널 브랜딩 강의(8주짜리, 4주 이상 결석 시 퇴출)를 신청했다.

자기 자신을 브랜드화하는 것이라니 이 얼마나 멋진가. 어른의 나이에 숫자를 더해갈수록 나 자신보다는 어딘가에 소속된 한 조각으로 살아가는 기분을 도무지 떨쳐낼 수가 없는 사회적 인간의 필연적인 운명 속에서 나라는 사람을 브랜드화하는 것까지는 몰라도 나라는 사람에 대해 그 어느 때보다 열심히 생각해 볼 수 있겠다 싶었다.

그리고 그 첫 강의에서 받은 질문이 위에 있는 그것. 내가 좋아하는 음악, 내가 좋아하는 색, 내가 좋아하는 글이나 향기도 아니고 나와 가장 어울리는 향이라니. 신선했다. 족히 100번은 더 받아보았을 것 같은 흔한 질문에서 단어 몇 개 바꾸어 물었다고 신선해지다니. 평범한 내 삶도 삐딱한 발걸음 몇 번이면 신선해질 수 있을까?

어쨌거나 저 신선한 질문에 의외로 금세 답을 내릴 수 있었다.

꽃향기.

왜 꽃향기냐고 물으신다면 그냥 제가 가장 좋아하는 향

이거든요. 그런 식이면 네가 가장 좋아하는 향을 묻는 질문이랑 무슨 차이냐고 하시겠지만 답변하는 이의 마음이 묘하게 다릅니다.

향수도 그렇다. "나는 향수다"를 외치는 향보다 생화 향을 입는 걸 좋아한다. 향수도 핸드크림도 가장 꽃향기 같은 것을 찾아 헤매다 보니 때로는 핸드크림을 바르면 일행들이 코를 킁킁댄다. "근처에 꽃집이 있나 봐!"를 들었을 땐 웃음이 나왔고 "네 몸의 향은 물기 머금은 새벽 꽃 같다"라는 말을 들었을 때 굉장히 기뻤지만 웃음이 나오지 못했던 건 왜였을까.

어쨌거나 좋아하는 향을 몸에 뿌리고 또 그 향이 잘 어울린다는 말을 들어오니 꽃향기가 나와 가장 어울리는 구나 생각된다.

꽃향기.
당연하면서도 노력해야 가까이할 수 있는 향.
자연스러우면서도 동시에 인위적인 향.
꽃을 사듯이.

그래서 사랑하면 꽃을 사나 생각한 적이 많다. 너에 대한 내 사랑은 이토록 당연하나 네가 그것을 느낄 수 있도록 부단히 노력하는 것처럼. 내 마음을 왜 몰라주냐는 말 대신 퇴근길 이유 없는 꽃다발로 내 마음을 시각화해 네 눈앞에 바치는 행위처럼. 지천에 수많은 꽃이 놓여있지만 딱 당신(혹은 당시 당신이 느끼고 싶은 기분)과 어울리는 꽃을 골라 전문가의 포장을 거쳐 응당한 값을 치른 다음 당신의 코 앞에 가져가 그 꽃향기를 맡게 하듯이.

평생을 함께할 단 하나의 상대에게는 우리가 서로에게 꽃을 사주는 빈도가 줄어들지 않는 사랑을 해나갔으면 좋겠다고 부탁하겠다. 누군가가 나에게 이 말을 듣는다면 그대여 그것은 나의 고백이니 부디 나의 끝없는 조울과 미성숙함을 평생 잘 다루어주기를 바란다. 화이팅.

묘

작년 봄, 할머니가 돌아가셨다. 어느 정도 예상했고 어느 정도 예상하지 못했던 할머니의 죽음이었다. 버스를 타다가 넘어지셨고 뼈에 금이 갔고 수술을 받았고 수술 부작용이 생겼다. 그 모든 과정은 한 계절이 채 걸리지 않았다. 갑작스럽다는 표현은 사치인 것 같아도 마음의 준비를 하기에는 턱없이 짧았다. 하기야 가족을 떠나보내는데 충분한 준비 시간이라는 게 있기나 할까.

어른의 나이가 되어 가족의 죽음을 맞닥뜨린 건 그때가 처음이었다. 많은 걸 배워왔고 알고 있다 생각했지만 막상 장례식장에 상복을 입고 서 있는 나는 참 많은 것을 몰랐다. 조문객을 제대로 맞이하는 법도, 상주로 응대하는 법도, 어른들께 인사를 드리는 법도, 하나뿐인 손녀가 우리 할머니를 보내드리는 법도.

영정 사진 속 할머니는 단정한 까만색 상의를 입고 계셨다. 사실 그 옷을 "단정하다"라고 생각하는 건 할머니의 가족들뿐이겠다고 생각했다. 까만 상의는 반짝반짝 빛이 났다. 빛을 받으면 반짝이는 스팽글 뭐 그런 게 옷에 한가득 달려 있었다. 할머니는 반짝이고 화려한 패션을 참 좋아했다. 멋쟁이셨다. 주름진 손가락이 더 주름질 때까지 커다란 알반지를 늘 끼고 계셨던 기억이 난다. 큰아빠의 성화에 못 이겨 단정한 옷을 입고 사진을 찍으러 가셨다고 전해 들었다. 그래도 반짝이는 포기하실 수 없었나 보다. 저 정도면 많이 양보하신 거지. 웃음이 나왔다. 얼굴 위에 눈물과 웃음이 동시에 앉아 있었다. 이건 무슨 기분일까. 알 수가 없었다. 묘했다.

화장터에 도착했을 때, 우리보다 앞선 순서인 또 다른 고인의 운구차를 보았다. 운구차가 번쩍번쩍 빛이 났다. 색색 전구들이 빛을 내고 있었다. 저분은 어떤 연유로 저렇게 번쩍이는 차를 타고 화장터까지 오셨을까.

"우리 어머님이 저 차 되게 좋아하셨겠는데."
작은고모부가 농담을 던졌다. 우리는 하하 웃었다. 취향이 뚜렷한 게 꽤 좋다는 생각이 들었다. 할머니의 취향이 뚜렷한 덕분에 나는 살면서 불현듯 할머니가 떠오르는 일이 왕왕 있을 것 같았다. 커다란 보석 반지를 보았을 때, 꽃무늬가 아니라 반짝이가 화려한 옷을 입은 노인을 보았을 때, 일제 캐러멜이 놓인 세계 과자점을 지나거나 식혜를 마실 때. 오랫동안 할머니를 기억하면 할머니는 좋아하실까? 오랫동안 할머니를 기억할 수 있는 건 그냥 내게 좋은 일 같았다. 죄책감을 조금 더 덜고 그리움을 조금 더 지니고. 그럼 내 마음에 좋겠지. 축하나 사과나 동정심이나 그리움 같은 것. 그 모든 감정은 결국 나 자신을 위한 게 아닐까. 방향을 모르고 흘러가던 생각들은 '할머니가 저 운구차의 고인과 살아생전 만나셨더라면, 둘은 꽤 좋은 친구가 될 수도 있었겠다'라는 이상한 생각에서 멈췄다. 할머니가 가시는 마지막 길까지 취향을 나누는 친구가 곁에 생겨 다행이다 싶기도 했다. 죽음 안에서 뭐가 또 다행이야. "그래도 오래 사셨으니 호상입니다"를 인사처럼 건넸던 그 많은 어른께 그리도 화가 났으면서. 나도 내 마음을 모르겠다. 묘했다.

서산 장지에 할머니를 모시고 서울로 돌아오는 내내 나

는 그냥 계속 묘했다. 사실 할머니와 나는 그렇게 가깝지는 않았다. 사연 없는 가족 없으니까. 내게도 그런 사연이 있었다. 나에 대한 할머니의 기억은 대학교에서 멈춰 있었다.

"진아 대학은 갔다니?"를 10년 동안 들었다. 처음에는 지겨웠고 그 다음엔 그러려니 했고 막판엔 할머니와 통화만 하면 어려지는 기분에 재밌기도 했다. "할머니, 진아 졸업 다 하고 돈도 벌고 있어요!" 할머니가 그 말을 이해하지 못하셨던 것 같기는 하지만.

하나뿐인 손녀 상주로 할머니의 마지막 자리를 지키면서, 할머니를 장지로 모시면서, 할머니에게 마지막 술 한 잔을 따라드리고 절을 하고 펑펑 울면서, 집에 돌아와 한동안 할머니를 굉장히 그리워하면서 끊임없이 '내가 이럴 자격이 있을까'를 생각했다.

시작점이 같은 두 선의 각도가 단 1도만 벌어져도 그 두 선은 영영 만날 수 없다고 한다. 앞으로 나아갈수록 그 간격은 더 벌어질 테니까. 나와 할머니가 갈수록 멀어졌다는 이야기를 하고 싶은 것이 아니다. 가족이라는(어느 정도) 불변의 관계는, 때때로 그냥 되게 설명이 어려워지는 것 같다. 그것이 오랫동안 쌓인 공동의 시간 때문인지 하늘이 정해준 관계성 때문인지는 모르겠다. 할머니의 영정 사진을 바라보는 나의 머릿속에는 한결같이 다정한 손녀이지는 못했던 죄송함과 치매로 나의 이름을 잊으셨던 할머니에 대한 섭섭함과 알 수 없는 죄책감과 어렸을 적 할머니가 담가주신 김치를 그렇게 좋아했던 기억과 할머니 댁만 가면 할머니가 만든 식혜를 배가 빵빵해지도록 마셨던 어린 진아의 모습과 "진아, 너 식혜 마실래?"라고 물어보시던 할머니 특유의 말씨가 똑같은 선명도로 공존했다. 그 머릿속의 상태를 말로 표현하기가 너무 어려웠다. 그냥 다 묘했다.

배움은 끝이 없다던데, 그럼 나이가 들수록 아는 게 많아야 할 텐데, 나는 나이가 들수록 도리어 설명할 수 없는 감정만 끝없이 늘어나는 것 같다.

싫으면 싫고 좋으면 좋았던 관계에 대한 명확성도 복잡해지는 것 같고, 밉거나 싫거나 아무 상관 없거나 셋 중 하나면 설명이 가능하던 지난 연인들에 대한 감정도 고작 한 가지가 아니게 되고.
지금의 나를 멍하니 바라보면 기특하면서도 아쉽고 결국 마음이 아려온다. 꽤 오래전 굉장히 좋아했던 노래를 우연히 다시 들었을 때는 기분이 더 이상하고. 내가 걸어온 시간의 길을 그리고 그 길 어딘가의 나를 다시금 떠올리면 참을 수 없을 만큼 마음이 아리다. 나이를 먹을수록 떠올릴 게 많아지고 그만큼 설명할 수 없는 것도 늘어만 간다. 하루하루 쌓아가는 나이의 수만큼 팔레트 위에 색을 더한 뒤, 그 색들을 한 데 섞어버리는 것 같다. 너무 많은 색이 뒤엉켜 설명이 어렵고, 그냥 그 결과가 검정이 아니길 바라는 마음.

할머니의 장례식 내내 밝은 표정을 잃지 않았던 아빠는 서울에 돌아와 며칠 뒤 "그냥 눈물이 계속 난다"라고 메시지를 보내왔다. 아빠에게 뭐라고 답장을 해야 할지 어려워 "삶과 죽음이 참 묘하지" 단 한 문장만 보냈다.

'묘하다'는 단어라도 있어 참 다행이라고 생각했다.

자격과 영향

자격에 대한(무의식적으로) 이상한 엄격함을 가지고 있다. 하고 싶은 게 많은 천성을 자격에 대한 엄격함이 가로막는다.

"내가 그럴 자격이 될까?"
라는 생각을 밥숟갈만큼이나 자주 떠먹었다. 나의 선택과 행동에 대해 자격을 논하는 버릇은 나를 신중하게 만들어주었고 나에게 겸손함을 선물했으며 나를 조금 더 괜찮은 사람이 되게 해주었고, 때때로 나를 작아지게 하고 나에게 우울감을 쥐여주기도 했다. 황새처럼 뻗을 수 있었을 발걸음을 뱁새처럼 걸었던 적도 많다. 조금 더 신중하게, 조금 덜 걸어 나갔다.

글 쓰는 것을 굉장히 좋아하지만 '고작 나 따위가 책을 낼 자격이 되는 사람일까'를 쉬지 않고 생각하는 것 역시 같은 맥락의 찌질함이다. "글이야 쓰면 되고 책이야 내면 되지"가 안 되는 사람이 나다.

그래도 쉬지 않고 글을 쓰고 있다. 글을 쓰는 시간이 좋고 글을 쓰는 내가 좋고 글을 쓸 때 유일하게 가질 수 있는 정신적 경험이 좋고 나의 글이 타자에게 읽히는 것을 기대하는 것이 좋고, 그 고마운 상대와 글 속의 결로 나누는 대화가 좋다.

글에 담긴 나의 모습은 가장 단정하고 동시에 가장 솔직하다. 정제되었지만 만들어지지 않았고 꾸밈없으나 부끄럽지 않은 모습. 이는 부단히 자격에 대해 생각하면서도 마침표를 찍을 때면 다시금 키보드에 손을 올리는 까닭이기도 하다.

때때로 자그마한 나를 팝콘 터지듯 팡 키워 바라보아주는 이들이 있다. 사실 크게 키워지는 것은 내가 아니라 나의 글이었을 테고, 당신 속 어떤 조각이 반갑게도 내 글의 결과 잘 맞았을 것이고, 이러한 과정에서 자격을 논하는 건 겸손보다 외려 거만에 가깝다는 생각에 이르렀을 때, 나는 '영향'이라는 같은 글자 수의 다른 단어를 떠올릴 수 있게 되었다.

영향. 자격은 기준. 영향은 챙김. 자격과 영향의 건강한 공존.

결론적으로 나는 자격이 되는 사람을 지향하면서, 좋은 영향을 끊임없이 미치는 사람으로 살아가고자 하는 중이다. 일에서도 관계에서도 무엇보다 나 자신에게도. 황새처럼 뻗을 수 있었음에 미련을 두지 않고 뱁새처럼 종종대지도 않을 것. 기분 좋은 욕심만큼, 책임질 수 있는 나의 보폭을 만들어 갈 것.

내 일도, 내 사람도, 내 사랑도, 내 삶도.
무엇보다 나 자신에게도.
명확한 기준을 두되 따뜻하게 챙겨나갈 것.

어떻게 늙고 싶으세요?

지난 3월, 평소 친분이 있던 여성 언더웨어 브랜드로부터 "여성의 날 기념행사에 연사로 서주실 수 있냐"라는 초청을 받았다. '제가 감히?'라는 생각이 들었지만, 자그마한 내가 하는 작은 이야기들을 카페에서 나누는 수다처럼 산뜻하게 들어주실 수도 있겠다 싶어 "좋습니다!"라고 답했다.

며칠 뒤 이메일로 질문지가 날아왔다. 열세 가지 질문이 하나같이 좋았다. 덕분에 바쁘다고 미루어온 나와의 대화를 할 수 있었다. 때마침 초봄이었다. 초봄에 하는 자신과의 대화는 정성껏 고른 선물 같다. 선물 같은 질문들이었다.

한 질문에서 유독 시선이 멈추었다. 가만히 질문을 바라보았다. 수어 번 다시 읽었다. 가슴이 울렁거렸다.

"어떻게 늙고 싶으신가요?"

질문이 슬펐다. 어떤 마음들이 담겨 이 질문을 만들어냈는지 알 것 같았다. 늙는다는 것, 대한민국에서 늙는다는 것, 대한민국에서 여성으로 살며 늙는다는 것이 얼마나 허망하고 우울하며 두렵고 위태로운 것인지 알기 때문에 쉽게 대답할 수 없었다.

의도가 명확한 질문이었지만, 그래서 더욱이 답을 적을 수가 없었다. 따뜻하고 단단한 대답, 노화를 너그럽게 포용하는 자세, 그 안에서도 결코 잃지 않는 주체성과 주도성. 청중이 원하는 답을 정확히 알고 있는데도 왜 나는 그 답을 할 수 없는 것일까.

꼬박 일주일을 고민하자 실낱같은 결론이 고개를 들었다.
'늙고 싶지 않다.'

나는 늙고 싶지 않았다. 늙음을 '늙음'으로 받아들이고 싶지 않다는 표현이 더 맞을 것 같다. '늙는다'의 뜻에는

'한창때를 지나 쇠퇴한다'가 있다. 나는 죽을 때까지 쇠퇴의 기분을 느끼고 싶지 않았다. 한 번 뿐인 인생, 죽을 때까지 매 순간이 처음이자 마지막일 텐데, 왜 어떤 순간은 다른 순간보다 후져야 하는가. 그것이 싫었다. 모든 순간이 모두 아깝고 싶었다. 모든 순간을 다 아끼고 싶었다. 모든 순간에 나름대로의 반짝임을 가지고 싶었다. 나는 늙고 싶지 않았다.

행사 당일이 되었다. 똑같은 질문을 받았다. 그래서 "늙지 않을 것"이라고 대답했다. 그것이 가장 솔직한 나의 이야기였다.

"저는 숨이 끊어질 때까지 채우고 칠해가며 살고 싶습니다. 그래서 사실 저는 '늙는다'라는 단어를 지양합니다. 당연히 객관적으로는 늙어가겠지만 주관적으로 '늙음'을 인지하며 살아가지 않고자 합니다. 앞서 제가 '나를 정의할 수 있는 한마디'라는 질문에서 "삶의 매 순간을 흘려보내지 않고 끊임없이 다채롭게 채워가고자 하는 기특한 사람"이라고 답했지요. 그렇게 죽기 직전까지 어제보다 오늘 더 채워진 사람으로 살고 싶습니다. 어제보다 오늘 하루 더 늙는 것이 아니라, 어제보다 오늘 하루만큼 더 많이 사랑하고 많이 경험하고 많이 느끼고 더 많이 행복하면서 어제의 나에게 항상 고맙고 기특해하며 살아가고 싶습니다."

고양이가 세상을 구한다

고양이 두 마리가 있다. 큰 고양이는 작고, 작은 고양이는 크다.

첫째는 10년 전에 나의 품으로 왔다. 죽을 만큼 우울했던 때, 나는 고양이 덕에 하루하루를 버텼다. 첫째 고양이는 태어난 지 두 달 반이 되었을 때부터 내가 토하는 모습을 자주 보았다. 나는 방 한구석에서 시도 때도 없이 토했다. 그 작고 어린 것의 눈에도 토하는 내 모습이 퍽 안쓰러워 보였나 보다. 손에 잡히는 큰 그릇 아무거나 붙잡고 구역질을 하고 있다 보면 작은 아이는 어느새 내 옆에 있었다. 괜히 미안한 마음에 방문을 닫고 구석에 숨어보아도 고양이는 항상 나를 찾아내었다. 연약한 목소리로 애옹거리며 나를 걱정스레 올려다보았다. 아픈 건 난데, 아가는 울 것만 같은 표정을 지으며 나를 보고 있었다. 눈동자에는 우주가 담겨있었다. 나의 섭식장애는 그

우주가 고쳐준 것일지도 모른다.

둘째를 나는 길에서 집어 왔다. 눈곱이 잔뜩 껴 눈을 제대로 뜨지 못하고 콧물에 코가 막힌 채, 더러운 음식들을 주워 먹었는지 배가 비정상적으로 빵빵한 아이를 나는 지나칠 수 없었다. 나는 다른 형태들로 발현된 나의 죄들을 씻어내듯 그 아이를 품에 안고 집에 왔다. 나는 죽어가는 아이를 살려내고 있었다. 죽어가던 아이는 3일째가 되던 날 조금씩 기운을 차렸다. 비로소 눈을 떠 내 눈을 마주치는, 400g이 채 안 되는 고양이의 눈을 보며 나는 무언가 용서받는 기분이 들었다. 아이의 집은 적당한 높이의 종이상자였다. 컨테이너 같은 느낌인 거지. 혹여나 나의 침대에 실수할까, 침대와 가장 먼 구석에 고양이 컨테이너를 밀어 놓았다. 그날 밤, 따뜻한 병아리가 광대에 닿는 느낌에 눈을 떴다. 작디작은 고양이는 겨우 얻게 된 약간의 힘을 한참 동안 쥐어짜 절벽을 오르듯 침대 위에 올라왔고, 다시 베개를 타고 올라 나의 얼굴에 등을 기대고 동그랗게 누워 있었다.

아니야 아가야. 내가 너를 살린 것 같겠지만,

네가 나를 살린 것이란다. 너는 내 한 줌에 담기는 자그마한 구원이야. 때로는 작을수록 소중하단다. 저 멀리 놓인 종이상자와 내 눈앞까지 다가온 고양이를 보며 나는 한참을 울었다.

다행히 죽어가던 아이는 7kg이 되었다. 3kg의 첫째와 하루에 다섯 번을 장난치고 열다섯 번을 싸운다.

고양이가,
내 세상을,
구한다.

골골송은 고양이의 것

고양이가 좋다.

따뜻한 체온도 좋고, 말랑말랑한 살의 느낌도 좋다. 갓 이유식을 시작한 아가의 살냄새 같은 고양이의 냄새도, 장을 봐오면 코를 킁킁거리며 하나하나 검사하는 집주인 행세도 좋고, 작고 동그란 배를 내놓고 하늘을 날아갈 듯 자는 모습도 좋다. 고양이는 다 좋다.

그중에서도 가장 좋아하는 건 단연 고양이의 고롱거림. 고양이를 기르기 전에는 '골골송'이 무엇인지 잘 알지 못했다. 역시 '안다'라는 것은 경험을 수반해야 더욱 진정해지는 법. 고양이의 평화로이 감은 눈과 함께 들려오는 작은 고롱거림, 목이나 갈비뼈에 손을 댔을 때 느껴지는 세상에서 가장 사랑스러운 진동은 내게 안정감을 준다. 그건 이 세상 어떤 ASMR이나 항우울제보다도 효과가 좋았다. 적어도 내게는.

고롱거리는 소리를 듣고 있으면 나는 내 삶의 의미를 느낄 수 있었다. 어쨌거나 내가 완전히 혼자는 아니라는, 내가 이 아이들을 두고 죽으면 안 된다는, 뭐 이렇게 우울하지 않아도 되는 여러 가지 표현의 내 존재 이유 말이지. 그르렁거리는 소리는 내 달팽이관을 거치며 '사랑한다. 다 괜찮다'로 번역되었다. 그건 아주 최소한의 번역이었다.

인간의 고롱거림을 느낄 수 있는 초능력이 생겼으면 좋겠다고 생각했다. 그렇다면 나는 너의 한마디에 불안해하고 상처받지 않을 텐데. 같은 한국어를 쓰는데도 당신의 언어와 나의 언어는 종종 다르게 사용되기에, 그 사람의 그르렁거리는 갈비뼈의 진동을 느낄 수 있다면 나는 너의 한국어를 나의 한국어로 번역해서 들어버리는 실수 따위는 하지 않아도 될 텐데.

하지만 당신의 몸에서 흘러나오는 그 소리를 한 번 듣기 시작하면, 나는 하루 종일 그 진동을 끌어내기 위해 더욱

집착하게 될지도 모른다는 결론에 이르렀다. 고양이가 때때로 내는 고롱거림은 내게 안정을 주지만, 내가 기대하는 인간의 '때때로 안 고롱거림'은 내게 불안을 줄 것이다.

그러므로,
골골송은 고양이만의 것이다.

엘 레시오

진짜 처음과 기억 속 처음은 왕왕 다르기 마련이다. 내 기억 속 축구는 2002년부터 시작되었고, 첫 스승은 초등학교 1학년 담임 선생님부터 기억나고, 가장 좋아하는 날인 나의 생일은, 친구가 둘 밖에 오지 않아 펑펑 울고 싶었지만, 음식을 잔뜩 준비해 준 엄마의 눈치를 보느라 밤이 되어서야 이불을 머리끝까지 끌어 올리고 숨죽여 흐느꼈던, 아홉 살 생일이 안타깝게도 첫 기억이다.

나는 술자리는 적당히 싫어하고 술은 굉장히 좋아하고 그중에서도 와인을 가장 사랑한다. 레드보다는 화이트를 압도적으로 선호하는데 그 계기는 기억하지 못한다. 첫 화이트와인은 진짜든 기억에서든 존재하지 않는 반면 기억 속 첫 레드와인 만큼은 아주 선명한데, 이 글의 제목인 엘 레시오다.

마츠 엘 레시오(Matsu EL RECIO).

스페인 와인이다.

와인을 즐기는 사람들에게는 '중년의 얼굴'로도 유명하다.

마츠 와인은 시리즈다. 세 가지 버전이 있다. 마츠 엘 피카로, 마츠 엘 레시오, 마츠 엘 비에호. 라벨이 순서대로 나이 든다. 엘 피카로에는 청년이 있고 엘 레시오에는 중년이 있고 엘 비에호에는 어느새 볼살이 홀쭉해진 노년이 있다. 청년의 눈에는 꿈이 있고 중년의 눈에는 지혜가 있고 비에호의 눈은 텅 비어 보이나 다시 보면 그 자체가 별이고 보석이다.

홍대입구역 2번 출구와 경성고등학교 사이 연남동 어딘가에 지금은 사라진 어떤 와인바가 있었고 그곳은 나의 첫 단골 와인바였다. 띠동갑이 훌쩍 넘는 사장님과 친해져 사장님은 어느새 사장 언니가 되었고 나는 언니와 가게 문을 닫고 아침이 올 때까지 와인병을 비우기도, 새벽 축구를 같이 보기도 했다.

나의 첫 책이 시작되던 몇 해 전 어느 봄 언니가 추천해 준 와인이 바로 엘 레시오다. 마츠 와인 시리즈의 세 가지 얼굴이 흥미로웠다. 라벨이 나이 들어감에 따라 보틀의 가격이 겅중겅중 올라가는 것도 흥미로웠는데 피카로와 레시오의 가격 차이보다 레시오와 비에호의 가격 차이가 더 크다는 점이 내게는 묘한 기분을 주었다. 어쨌거나 되게 흥미로웠다.

일행에게 내가 와인을 대접하는 자리였고 마음 같아서는 엘 비에호를 주문하고 싶었지만 이십 대 중반의 지갑 사정에 할아버지 와인은 꽤나 부담스러웠던 기억. 가격만 생각하면 엘 피카로를 주문하고 싶었지만 여러 가지 이유와 마음을 담아 엘 레시오를 주문했던 기억이 어제 일처럼 남아 있다.

그땐
"돈 많이 벌어서 아무렇지 않게 엘 비에호를 사 마시는 멋진 어른이 되리라"는 생각을 했다.
엘 레시오를 사 마실 때마다 그 생각을 했다. 사실 그 나이의 내 혀는 엘 피카로를 더 좋아했는데 내 머리가 엘 레시오를 선호했다. 조금이라도 더 좋은 와인을 마시면 조금이라도 더 멋진 사람이 될 수 있을 것 같았다.

5년이 흘렀고, 엘 레시오 정도는 기분 좋은 날 편안하게 사 마실 수 있을 정도로 열심히 살아왔고, 그렇지만 나는 화이트 와인을 더 좋아하게 되어버렸고, 아무렇지 않게 엘 비에호를 사 마시는 어른이 되기까지는 시간이 좀 더 필요할 것 같고.

무엇보다 엘 비에호를 가볍게 이야기하지 못하게 되었다. 꽤 오랫동안 엘 비에호는 나의 와인 안주였다. 다양한 일행과 다양한 와인을 마시면서 나는 마츠 와인 시리즈의 나이 드는 라벨 이야기를 재미있게 풀어냈다. 이야기의 결론에는 언제나 엘 비에호가 있었다. 엘 비에호를 입에 담는 나의 마음에는 정복감이 있었다. 아니, 정복욕이라는 단어가 더 맞겠다. 저 비싼 와인을 매일 사 먹겠다는, 나의 테이블에 할아버지의 텅 빈 눈 그래서 더 투명하게 빛나는 보석을 올려두겠다는 마음.

어느 순간부터 보틀샵에서 엘 비에호를 보면 그냥 되게

아득하게 울렁거린다. 기도의 매개체 같기도 하고 등산하다 보이는 돌탑 같기도 하고 역사 속에 영원히 살아있는 죽은 패션 디자이너 같기도 하다.

나는 그 아득한 울렁임에 동경이라는 단어를 붙이고 싶다. 엘 비에호를 보는 나의 마음은 감히 정복감이라거나 정복욕 같은 것이 아니라 동경이여야 맞다.

평생의 여행길 한복판에서 아직도 갈 길이 먼데 뭐 그렇게 힘들게 걸어왔다고, 때로는 벌써 하산길에 올라선 기분이다. 그냥 계속 열심히 살아왔을 뿐인데 언제부터 내 시간이 성장이라는 단어를 떠나보내고 젊음이라는 단어를 간신히 붙든 채 늙음이라는 단어를 각오하고 있게 되었을까 싶기도 하다.

아직은 겪어보지 못한 '늙음'을 생각하면 텅 비어 있는 기분이 들 때가 많다. 체력도 꿈도 용기도 텅텅 비워낸 채 와인 보틀을 비워내듯 끊임없이 쌓아온 것들을 비워낼 것 같은 기분.

그 기분이 착각이라고, 설령 착각이 아니더라도 착각으로 만들면 된다고, 엘 비에호 라벨과 눈을 맞추면 할아버지의 깊은 눈동자가 나에게 말을 건다.

깊어지는 주름만큼 삶을 채워왔다고. 푹 꺼진 볼은 멈추지 않은 나의 노력과 맞바꾼 것이라고. 나는 더 오래되었고, 더 깊어졌고, 더 귀해졌다고.

더 이상 탁자에 엘 비에호를 장식처럼 올려두지 않는다. 시간이 하염없이 흘러가는 것 같을 때, 그 '흘러감'을 '채워감'이라는 단어로 바꾸어내고 싶을 때 엘 비에호를 일행처럼 친구처럼 오랜 스승처럼 눈앞에 둔 채 투명하게 가득 찬 그의 눈에 나의 눈을 맞추고 잔을 채운다.

무스탕 구매 후기

베이지색 롱무스탕을 샀다.

"길이가 길고 두께가 톡톡해 따뜻하면서도 롱패딩보다 클래식한 디자인이라 격식을 차릴 때 입어도 좋겠다"라는 것이 그럴싸한 명분이었고, 그냥 보자마자 내 취향이었던 것이 진짜 이유였다. 의류 구매 사유가 다 이렇지 뭐.

추운 날 두꺼운 겉옷을 입는다는 건 내게 의미가 크다.

얇은 곳 위에 겉옷을 무겁게 입는 것을 좋아한다. 휑휑한 마음에 "괜찮아. 괜찮아"라고 해주는 것 같아서. 발가벗은 듯이 드러나는 보기 싫은 내 모습까지 감싸주는 것 같아서.

아무 음식도 목구멍으로 넘어가지 않을 때 오직 따뜻한 흰쌀밥을 한 숟갈 떠서 입에 넣고, 단내가 가득해질 때까지 가만히 씹고 싶어지는 것과 비슷한 마음 같다.

어쩌면 우리는 인간이기에, 힘들다는 것은 자연스러운 것이고 그 힘듦을 하찮게 여기는 것이 자연스럽지 못한 것일지도 모른다고 생각하여 두껍고 보드라운 무스탕의 옷깃을 여몄다.

주황색 겨울을 사는 삶

#1

나의 겨울은 그리도 주황이다.
새하얀 겨울도, 빨강과 초록이 함께 반짝이는 겨울도 아닌, 샛노란 따스함이 묻어나오는 그런 주황색. 수많은 색을 걸치던 세 가지 계절을 지나 계절도 휴식기를 지니듯 다가오는 이 겨울이 오히려 더욱이 주황으로 칠해지는 까닭은 단 하나, 귤 때문이겠지.

나의 겨울엔 그리도 귤 향이 난다.
아주 어릴 적부터 우리 집은 매 겨울 제주에서 귤을 주문했다. 애월에 계시는 막내 이모가 왕왕 보내주시기도 했지.

아주 커다란 황토색 종이상자에 빈틈없이 들어있는 귤들이 서울의 우리 집으로 온다. 제주의 겨울 햇살을 그대로 껴안은 따끈한 주황빛을 반짝이며 갓 세수한 아기의 얼굴을 하고 천진하게 냉장고로 들어간다. 제주에서 서울까지의 비행이 고되었던 듯 동그란 몸 한구석이 '찌부'된 귤들도 있다. 빚어놓은 듯이 예쁜 귤도 좋고 찌부된 귤도 귀엽다. 살짝 찌그러져야 좀 더 인간적이랄까. 귤은 일단 사람이 아니지만.
어쨌거나 이때부터 겨우내 나의 손끝도 주황이 된다.

하루 종일 몸과 마음을 아리게 하던 겨울바람을 뒤로 하고 따뜻한 방에 들어앉아 귤을 까먹는다. 새하얀 형광등 대신 주황빛 간접 조명으로 방을 채우고는 침대에 앉아, 두 손이 샛노래지도록 귤을 먹는 것이다. 어딘가에서 보았던 '귤껍질 한 번에 잘 까는 법'을 따라 하다 실패한 귤껍질 파편들을 수북이 쌓아가며 입안에 알알이 귤을 넣다 보면, 마음 구석구석까지 샛노란 귤색으로 물들어버리는 것 같다.

귤.
귤색.
그래, 주황색.

#2

이병률 작가는 주황을 배고픔의 색이라고 한다. 아마도 마음의 배고픔을 말하는 것이리라. 사랑을 하고 싶은 사람, 사랑에 굶주린 사람, 사랑에 병든 사람이나 병적인 사랑을 하고 있는 사람은 그래서 주황이라고, 작가는 덧붙인다.

그러니 다행이다.
귤의 주황에는 따스함이 담겨있으니까.
귤은 귀엽고 명랑하고 따뜻하다(따뜻하게 데워먹으라는 뜻은 아닙니다). 통통 튀는 발랄한 주황의 맛을 가지고 있다. 제주의 귤이 가진 주황은 배고픔을 설렘으로 바꾸는 힘을 가진 것도 같다.

결핍을 의지로, 외로움을 설렘으로.

그러므로 그것과 함께하는 나의 겨울은, 퍽 다행히도, 따스함으로 귀결될 테다.

귤 한 알 입에 넣으며 생각한다. 내가 살아온 한 해를. 어떻게 살아왔는가, 살아가고 싶었던 대로 살아왔는가.

한 알 더 생각을 잇는다. 내가 살아갈 한 해를. 어떻게 살아가고 싶은지. 누구와 함께하고 싶은지. 무엇을 이루어내고 싶은지. 어떤 마음을 가지고 싶은지. 그렇게 다시 돌아오는 겨울에 "살아가고 싶던 대로 살아왔다"라고 할 수 있을지.

귤 한 알에 나의 사람들을, 귤 한 알에 나를 스쳐 간 이들을, 귤 한 알에 추억과 한 알에 후회와 다시금 한 알에 다짐을.

끝없이 깊어지던 생각은 주황 산이 된 귤껍질을 '어이쿠, 이제 그만 먹고 치워야지'하며 뚝 멈춘다. 생각을 하며 먹기에도, 아무 생각 없이 먹기에도, 귤은 좋다. 다시 한번, 다행이다.

#3

올겨울은 느닷없이 귤을 괴롭히고 있다. 이놈의 SNS가

문제야. SNS는 나도, 귤도 당최 가만두지를 않는다.

"얼려 먹으면 맛있다. 구워 먹으면 맛있다" 그래서 얼려도 먹어보고 구워도 먹어보았지. 맛은 있더라. 그러나 얼린 귤은 이가 시렸고(나이 때문 아닙니다) 구운 귤은 어딘가 과히 성숙해진 맛이었다. 난 아이의 맛을 가진 귤을 좋아하는데.

한동안 귤을 못살게 굴다가, 결국 다시 '본래의 귤'로 돌아온다. 제주의 귤을 냉장고에서 꺼내 껍질을 벗기고 그대로 입에 넣는다. 그대로의 모습이 가장 좋은 귤은, 그래서 그런가, 행복해 보인다.

귤 같은 삶을 사는 사람이 되고 싶다.

어른의 나이가 된 지도 좀 됐는데, 아직도 스스로를 잘 모르겠지만, 그래도 가장 온전한 나 자신으로 살아가고 싶다.

수없이 얼려지고 구워져도 가만가만 나의 길을 걸어 나

가다가, 나라는 아이가 가진 본연의 색과 맛을 가장 사랑해 주는 이들과 여행하듯 인생을 칠해봐야지. 샛노란 주황색으로. 제주의 귤처럼.

달걀로 살아가는 하루

'서로 다른 좋음'이 있다. 좋은 정도의 차이라기보다는 좋은 결의 차이랄까. 평행해서 만나지 못하는 선이 아니라 애초에 높이 혹은 차원이 달라 만나지 않는 선 같은 것 말이다. 이거 근데 설명이 맞는 건가요. 도와주세요. 이과들아.

어쨌든 고급 레스토랑이 좋은 느낌과 동네 분식집이 좋은 것이 다른 느낌. 재즈바에서 듣는 음악과 코인노래방에서 듣는 애인의 노랫소리가 다르게 좋은 그런 느낌. 좋은 요리는 눈으로도 먹는 것이라는 걸 느끼게 해주는 파인 다이닝 코스도 좋고, 플레이팅이 다 무엇이냐 집에서 대강대강 끓인 햄 김치찌개도 되게 좋다.

기념일을 빌미로 카드 결제일의 절규를 잠시 잊은 채 본투비 청담 주민처럼 사치를 부리는 데이트도 로맨틱하고 꼬질꼬질한 머리에 후드를 뒤집어쓰고 집 앞 새벽길을 손잡고 걷는 데이트도 사랑스럽다.

같은 분야의 다른 결을 가진 수많은 무언가를 좋아하는, 말로 표현하기는 어렵지만 어딘가 마음을 편안하게 해주는 다양한 좋아함이 있다. 어떤 맥락에서든 어떤 상황에서든 '좋아할 수 있는 무언가는 꼭 있을 것이다'라는 안심이랄까.

그러니까 이 생각은,
아침에 계란후라이를 만들다가 불쑥 떠오른 것이다.

달걀.

가장 좋아하는 요리라고 말할 수는 없겠다. 스스로를 꽤나 미식가라고 자부하고 있고, 잘 먹는 것이 나의 낙이며, 이런 나에게 팍팍한 세상 속 삶의 낙을 한 방울 더해주듯 현대사회에는 멋지고 환상적인 음식들이 많다.

그래도 달걀은 없어서는 안 될 존재는 맞다. 달걀로 만든 요리는 일단 뭐라도 다 좋고, 대체로 맛이 있다. 입맛이 없는 날에도 냉장고 안에 날달걀 몇 알만 있으면 후라이를 하든 스크램블을 하든 머그컵에 대충 깨어 넣고 전자레인지로 야매(?) 달걀찜을 하든, 어쨌든 내가 입맛이 없다는 이유로 굶지는 않게 해준다.

그래서 나는('가장'은 아니어도) 달걀을 '항상' 좋아한다. 냉장고에 달걀을 채워두고, 달걀이 슬슬 떨어져 갈 때면 괜히 불안해진다. 다양한 좋아함을 논할 때 전자의 예시보다는 후자의 느낌으로 좋아하는 것 같다.

무엇이 더 좋은 걸까. 가끔씩 찾아오는 '환상적인 좋음'과 공기 같아서 왕왕 좋아한다는 마음을 까먹기도 하지만 그래도 어쨌거나 '항상 좋은' 것 중에 말이다. 오늘 하루를 쓰자면 환상을 택하겠지만, 평생 단 하나를 고르라면 항상을 택할 것 같네. 인생은 어렵고 사람 마음은 복잡하다.

죽도록 노력해도 자꾸 죽도 밥도 안 되는 날이면 달걀이 부럽기도 하다.

달걀은 일단 귀엽잖아. 흰 달걀도 베이지색 껍데기도 귀엽다. 동그랗긴 한데 완벽한 구는 아닌 그런 모양도 편안하다. 손에 살짝 움켜쥐어지는 크기도 귀엽다.

달걀로 만든 요리는 일단 색도 귀엽다. 다정하고 포근한 흰색과 노란색. 뭘 해도 귀여운 달걀에 어떻게든 시비 걸어보고 싶어서 그 두 색을 마구 섞어도, 그렇게 나온 개나리색까지 귀엽다.

평균보다는 1등을 바라보고 살아가야 속이 편한 성격 탓에 실패하지 않는 것보다는 실패를 딛고 성공하는 빡센 삶을 지향하고 있으나, 때로는 성공은 모르겠지만 일단 실패할 일은 없는 달걀 요리도 부럽다.
달걀 요리는 아무렇게나 해도 실패가 없다. 요리에 처음 재미를 붙였던 시절, 계란말이를 만들다가 실패 각이 나왔는데 대충 휘휘 저어서 스크램블에그를 완성하고는 부모님께 "맛있다!"라는 리액션을 받고 나서부터 갖게 된 확신이다.

그래서 나는 항상 냉장고에 달걀을 채워두곤 한다. 목초를 먹고 자란 닭이 낳았다거나, 닭장이 아닌 들판에서 자유롭게 살고 있는 닭이 낳았다거나, 동물 복지를 실천하는 곳에서 생산했다는 뭐 그런 좋은 달걀들로.
아침에 눈을 떠서 비몽사몽 냉장고 문을 열었을 때 동글동글 가득 채워진 달걀을 보면 비로소 마음이 편안해진다.

뭘 해도 어쨌든 다 좋을 거라고. 네가 생각한 좋음은 아닐지라도 또 다른 결의 좋음을 갖게 될 것이라고. 어쨌거나 좋음으로 마무리할 수 있을 것이라고.

나는 결국 다 괜찮을 거라고.

하루를 시작할 때 달걀을 보면 이처럼 근거 없이 기분 좋은 자신감이 딱 달걀 한 알 만큼 포근하게 생겨난다.

"어쨌거나 오늘 하루도 이 달걀 같을 거야."

0

#1

정말

죽도록

힘든

한 해가 있었다.

꼬박 반년을, 눈을 뜨면 다시 감고 싶었고 잠에서 깨면 다시 잠이나 자고 싶었다.
나조차 신기한 건 그 와중에도 되는대로 하루를 재미있게 살아보고자 했다는 것. 하루하루가 생지옥이었는데, 머리카락 가닥가닥 빠짐없이 부정적인 생각들로만 가득 찬 시간이었는데(당장 진짜 죽어버릴 게 아니라면) 언젠가 이 젊은 날을 굉장히 아까워할 것만 같다는 그 생각 딱 한 가지가 나를 일으켰다.

그래서 나는 죽도록 힘든 시간 속에서도 끊임없이 추억을 쌓았다.
새로운 곳들을 다녔고 새로운 것들을 배웠고 새로운 경험으로 나의 우주를 넓혔다.

그것들이 동시에 혼재했다.
그런,
참 이상한 한 해가 있었다.

#2

추억은 시간이 흐를수록 '때'가 아닌 '감정'을 바탕으로 철저히 분리되는 것을 느낀다. 그 시기 혼재했던 지옥과 천국이, 점점 더 아득한 과거가 되어갈수록 더욱이 분리되어 나의 기억에 자리 잡고 있음을 느꼈다.

그리고 나라는 사람은, 퍽 다행이고 아주 고맙게도, 불행의 감정적 기억을 잘 잊을 줄 아는 사람이다. 역사책에 쓰여있는 감정 없는 기록처럼 내가 가진 불행의 역사 또한 '그렇고 그런 일이 있었다'의 한 줄 깊이로 머릿속에 기억되곤 한다. 좋은 능력이야 정말.

#3

단골 와인바에서 혼자 글라스를 비우며 '그 한 해'를 회상하던 어느 날 문득 이런 생각이 들었다.

"인생은 객관적으로는 나이의 길이와 같은 선일 테고, 주관적으로는 내가 쌓는 추억과 경험의 발자국들에 맞추어 길어지는 길이의 선일 텐데, 수많은 마음과 다채로운 경험과 끊이지 않는 생각들로 칠해가는 나의 인생에 그 일은 그저 하나의 점, 금세 0에 수렴해서 흔적조차 없어질 그런 일일 뿐이야."

한때는 내 하루를 통째로 집어삼킨 지옥의 우주였는데, 이제는 0에 수렴할 일이라고 말한다.

그런 것이다.
행복한 추억이야 계속해서 곱씹으며 다시금 현재로 계속 나의 현재로 가져오면 되는 것이고,

지옥 같은 일이야 과거로,
또 과거로 보내 0으로 만들어 버리면 되는 것이다.
나는 또다시 새로운 현재를 살아가면 되는 것이다.

중요한 건 말 그대로 '주관적인 인생의 선'을 되도록 알록달록 길고 굵게 칠하며 살아가는 것. 언제나 많은 것을 경험하고 생각하고 느끼는 삶을 지향하는 것.

나는 나의 칵테일이고

#1

'칵테일파티 효과'

어차피 다들 결국 본인 관심사에만 관심을 둔다는, 내 마음을 아주 속 편하게 해주는 현상을 일컫는 말이다.

이름만 보아도 알 수 있듯이 파티 현장에서 유래한 말인데, 수많은 사람이 요란하게 뒤섞여있는 파티장 안에서도 내가 관심이 있는 상대, 대화 주제가 유독 눈에 띄고 귀에 꽂히는 것을 뜻한다.

대학 때 배운 전문 용어로 잘난 척을 해보자면 선택적 주의, 선택적 지각에 의해 이루어지는 현상.

결론적으로 '칵테일파티 효과'란 수많은 정보과 자극이 요동치는 세상 속에서도 우리는 우리 자신에게 의미 있는 정보에만 집중하는 것이라 할 수 있겠다.

대학 시절, 이 용어를 처음 마주쳤을 땐 사랑하는 데에 써먹었다. 아무튼 이 사랑에 미친 여자야. 사람이든 과목이든 진로를 택하는 데 있어서든, 이유는 모르겠지만 어쨌거나 유독 눈에 띄는 무언가에 내 운명을 맡겼다. 헌신했다. 집중했고, 노력했다.

너는, 그건, 그곳은 나의 '칵테일'이니까.

이제 와서 되돌아보니 너도 그것도 그곳도 지금은 내 곁에 없네. 잘 가라. 취향이 바뀌어 이제는 손에 쥐지 않는 지난날의 칵테일들아.

이 나이가 되어 꺼내는 '칵테일파티 효과'는 나보다는 남에게 있다. 그러니까, 내가 관심 있는 것에 집중하는 것보다 "너도 네 관심사에 집중하겠지"하고 써먹는다.

20대 초반에는 내가 속해 있는 모든 영역의 모든 사람에게, 내가, 그들의 칵테일이 되고 싶었다. 사랑받고 예쁨 받고 응원과 인정을 받고.
거기까진 아니더라도 동의와 이해 정도는 받고 싶었던 것 같다. 다정하고 착한 아이였다. 그때의 나 말이야.

다정하고 착한 그 시절의 나에게는 미안하지만, 결론적으로 그건 틀렸다. 불가능하다. 말도 안 된다. (미안 20대 초반의 나야. 내가 아는 넌 쉽사리 상처받는 말랑한 아이인데)

#2

나는 분홍색도 좋고 파랑도 좋고 노랑도 좋고 초록색도 좋은데, 주황색도 이제는 좋아졌고 검정도 매력적인데, 이상하게 자주색과 보라색은 싫다. 집에 쓰는 색 중에 두 가지는 없다. 옷으로도 잘 입지 않는다. 그 컬러가 내 몸에 얹히는 게 불편하다. 자주색과 보라색아 너희에게도 일단 미안은 하구나.

엄밀히 말하면 그냥 관심이 없는 것 같다. 나와 관련한 어느 선택에서도 그 색감들은 고려하지 않는다고 해야 하나.
재질, 디자인, 사이즈, 색을 모두 고려하고 선택하는 '옷 구매'에 있어서 일단 보라색과 자주색이면 0.1초 만에 넘긴다. 싫어서 넘기는 게 아니라 일단 난 보라색에 흥미가 없거든.

#3

그러니까
나 살고 싶은 대로 살면 된다.
응애하고 태어나서 꼬르륵하고 죽을 때까지 나는 나의 영원한 칵테일일 테니까.

누가 나보다 관심이 있는데?
나 자신에게.

영원한 건 '영원'이라는 말밖에 없다고 생각하지만, 일단 나는 나에게 영원하다. 요지경 현대사회 속 잔잔한 알콜 중독자인 나에게 나는 영원히, 내 온 신경을 집중하는, 나 자신의 칵테일이다.

그 누구도 나보다 나에게 더 집중할 수는 없을걸. 그러니 남들이 나의 선택에 비동의해도, 그들이 나의 삶에 반대의 조언을 내려도, 누군가가 나에게 한쪽 입꼬리만 치켜올린 채 할 수 있는 모든 상처의 단어를 쏟아부어도, 내 알 바는 아닐 테다.
집중은 커다랗다는 말로 대체될 수 있다. 그러니까 타인은 결코 나보다 내 인생에 커다란 존재일 수는 없다. 내 행복은 나를 가장 고려해야 하고, 내 선택은 나에게 집중되어야 맞다.

'눈치'라는 단어가 세상에 꽤 빈번히 존재하지만 내 인생의 중요한 것들에 있어서는, 그 단어는, 없다시피 하는 게 낫다. 그게, 결국, 내가 행복하더라.
후회는 남아도 미련은 없더라.

생각보다 세상은 나에게 관심이 없고, 팝콘 튀겨지듯 들끓던 관심은 이내 사그라들고, 오랫동안 바글대는 마이너스 한 획의 관심은, 내 알 바가 아니다.

나는 내 술을 빚고, 몇 없지만 또 그 이상으로 필요하지도 않은 소중한 내 사람들과 '짠-'하면 된다.

그게 나의 칵테일이다.

그게 인생이지.

네 인생 말고 내 인생.

내가 봐도 나라는 아이가 참 열심히 잘 살고 있는 와중에도 와르르 우울해져 버리는 순간은 반드시 생기고 마는 법.

이게 꽤나 곤란하고, 그 곤란함이 한 번 더 우울의 깊이를 더한다.

빠르게 성장하고 있던 한 스타트업에서 사내 콘텐츠와 브랜딩을 이끌어달라는 스카우트 제의를 받았을 때였다.

사회생활을 아나운서로 시작한 까닭에 한 우물만 판 장인들에 비해 관련 경력이 짧은 나에게 "당신과 함께하고 싶다"라는 대표님의 한마디는 과장 조금 보태면 한 달 동안 감동의 눈물 버튼이었다.

객관적으로 짧은 경력 속에서 가성비 뛰어난 성장을 하기 위해 삼중 압축 렌즈 마냥 하루하루를 압축해서 살던 나의 광기 어린 노력을 드디어 인정받는 것 같았다.

그러나 사람은 못해도 우울하고 잘해도 별안간 우울해지고 외로워도 우울하고 사랑을 할 때도 난데없이 우울해지고 빈곤해도 우울하고 풍족해도 우울해져 버리는 실로 깊은 남색의 존재.

겨울이 지나고 봄을 맞이하며 진공 압축팩에 두꺼운 겉옷들을 터질 듯 욱여넣었던 것처럼 '이 정도는 괜찮겠지. 여기까지는 더 넣을 수 있을 거야. 이것까지만 더 넣어보자'라며 내 상태를 외면한 채 욱여넣었던 안타깝고도 기특한 노력과 자만이 결국 진공 팩 터지듯 뻥 터져버렸던 그날 아침.

꽤 괜찮은 날씨에 퍽 괜찮은 기분으로 한 손에 커피를 들고 사무실로 들어서는 순간부터 갑자기 눈물이 났다. 어? 왜? 나도 모르겠는 눈물이 그칠 줄 모르고 줄줄 흘렀다. "눈이 좀 시리네요"라는 핑계를 대기엔 양이 좀 많은데. 일단 어딘가로 숨어야 할 때 가장 좋은 곳이 있다. 화장실.

화장실로 뛰어들어 문을 걸어 잠그고 나니 다시금 내가 나를, 사랑과 애정을 담아, 몰아세운다.

"야, 왜 그래. 뭐가 힘든데. 네 입장에선 힘들 수 있는데, 이 힘듦도 남들이 보면 사치다 너. 인정받는 만큼 잘해야지. 너 스스로 맨날 잘 해내고 싶다고 하면서 우는 건 또 뭔데."

그 다정한 매정함을 모르는 건 아니지만, 가끔은 건강에 좋지 않은 걸 알면서도 엄마가 나의 편식을 눈감아 주었으면 하던 어린 시절이 있었다. 사랑이 담긴 "골고루 먹어라" 말고 그냥 콜라 사탕 하나 입에 넣어주었으면 싶었을 때가 있었다. 아주 여유롭지는 않은 형편에 비싼 학원을 등록해 주었지만, 어느 날은 내 손을 잡고 같이 땡땡이를 쳐주었으면 했다.

다행히 나의 두 양육자는 때때로 옳지 않은 행위이기에

모순적으로 더욱이 나를 충만한 사람으로 만들어주는 유년 시절의 경험을 선물해 줄 줄 아는 포근한 어른이었다.

그들의 피 양육자인 나는, 정말 터져버릴 것 같을 땐 나를 위한 내 마음을 무시해 버릴 줄 아는 어른으로 자랐다.

원래 기쁨은 나누면 두 배가 되고, 다이어트 결심은 주변에 떠들어야 성공 확률이 높아진다고 하지 않았는가. 모든 감정은 어쨌거나 내뱉어야 낫다.

"그런 감정조차 사치"라는 리액션이 두렵다면, 최소한 그런 리액션은 하지 않을 것이 확실한 한 사람을 귀찮게 해야겠다는 전략을 세우고(일명 한 놈만 조진다 전략) 화장실을 나와 1층 카페로 향했다. 두려워하는 반응 대신 기대하는 반응을 보여줄 것이 확실한 나의 친구에게 전화를 걸었다. 오늘은 본의 아니게 월급루팡이다. 죄송합니다. "함께 하고 싶다"고 불러주신 대표님.

결론적으로 나는 상대의 리액션에서 충분한 위로를 받을 수 있었고, 우울을 달래는 위로에 명확한 근거는 필요하지 않았으며, 사실 상대에게 나의 터져버린 진공 팩을 공유하는 순간부터 위로는 이미 충분했던지도 모른다.

이내 나는 괜찮아졌다. 눈물은 들어갔고 마음은 개운했고 기분은 산뜻했다. 사무실로 돌아와 마우스를 손에 쥐었다. 월급루팡이려다 말았다. 대표님, 아까 그 사과 취소할게요.

"너한테 말하니까 나 완전히 괜찮아졌어!"
"넌 참 회복탄력성이 좋다."
탄탄한 회복탄력성이 내가 좋아하는 나의 조각 중 하나라는 것은 또 어떻게 알고. 위로의 피날레를 아름답게 장식해 주는 상대의 말에 다시금 생각에 빠진다.

회복탄력성이 좋은 타입.

아무리 힘들어도 금방 괜찮아진다는 뜻처럼 보이지만, 쉽게 힘들어할 때 도리어 회복탄력성이 좋아진다고 느낀다. 내가 양질의 회복탄력성을 가질 수 있었던 건 울고 싶을 땐 곧바로 울어버렸기 때문이니까.

하루하루 이 악물고 살아가는 것이 어른의 디폴트값이라 어릴 적엔 빗살무늬토기 같았던 얼굴이 자꾸 둥근 모서리의 사각형이 되어가는 것 같기는 해도, 이빨이 부셔져 버릴 것 같을 땐 재빨리 턱을 벌리고 냅다 으앙 울어버릴 줄 알아서. 그런 나에게 왕왕 고맙다.

골프공을 바닥에 던지면 그냥 바닥만 패인다. 탱탱볼을 튀겨야 탱탱하게 튀어 올라 다시 내 손에 쥘 수 있고, 그렇게 쥔 탱탱볼을 하늘로 올려 던질 수도 있다.

말캉하게 내려가야 탱탱하게 올라온다.

이유가 있건 이유 없는 우울이건 스스로도 납득이 되지 않는 무맥락의 우울이건, 우울은 말캉하게 대해주기. 딱딱한 치아로 꽉 물지 말고 마음이건 혀건 메신저 자판을 톡톡 치는 손가락이건 어쨌든 말캉한 부위로 다뤄주자.

사무실 의자에 앉아 말캉과 탱탱과 회복탄력성만 생각하다 보니 점심시간이다.
그러니까 그, 죄송해요 대표님.

한두 줄로 충분히 '좋음'

책을 읽다 보면 특유의 신기한 경험을 할 때가 있다.

글 초반에는 별 감흥이 없다가, 그러니까 공감이나 감명 같은 일련의 감정이 도무지 생겨나지 않을 것만 같다가도 같은 글의 어느 한복판에서 별안간 어떤 문장이나 문장 덩어리가 내 마음에 쏟아져 들어오는 것이다. 영화나 소설에 나오는 "설마 내가 저 사람을 사랑이라도 한다는 것인가"와 같은 문장에서 느낄 수 있는 주인공의 충격. 침묵하던 스파클라 폭죽에 불을 붙이자마자 세상을 뒤흔들 것처럼 터져 나오는 무한의 반짝임. 공감과 감동, 감탄이 뒤섞인 아릿한 심장을 부여잡고 나는 그 문장 아래 진한 밑줄을 치곤 한다. (그래서 내 책은 열에 아홉은 중고 서점에 팔 수가 없다. 불가 사유: 훼손)

나는 그 책들을 '좋은 책'이라고 결론짓는다. 서재에 소중히 보관하고, 집에 찾아오는 가까운 친구들에게 추천하며, "깨끗이 보고 돌려줄게"라는 대답을 담보로 기꺼이 빌려준다.

한두 줄의 스파클라 폭죽만으로도 나에게 그 글은 '충분히 참 좋은 글'이 된다. 위로가 필요할 때 다시 꺼내 읽고 마음을 다잡아야 할 때 다시금 곱씹고 혼술 안주로도 우물대고 친구와의 대화에서 써먹는다.

생각해 보면 영화도 그렇고 노래도 그렇다. 명장면이 있고 킬링파트가 있다. 그렇게 그 영화는 명화가 그 노래는 명곡이 된다.

음식은 반대다. 다 좋다가 한두 가지 작은 이유 입맛에 어긋나도 맛있다고 표현될 가능성이 급격히 희박해진다. '기억에 남는 맛있는 음식 목록'에서 탈락하는 것을 넘어 '아쉽다'라는 수식어가 붙었거나 '다음에는 고르지 않을 메뉴 목록'에 들어가 버리기도 한다. 이렇게 보니 음식의 세계, 이거 너무 냉혹하잖아?

다행히도 우리의 삶은 아주 오래전부터 그리고 전 세계적으로 음식이 아닌 글, 영화, 노래에 비유 되어왔다. 인생은 한 끼의 식사라기보다는 한 편의 영화고, 삶은 어떤 메뉴라기보다는 어떤 노랫말이고. 나는 나의 요리를 한다기보다 나의 책을 써나가고 있는 것일 테다.

그러니 우리의 매일은 말마따나 매일 좋지 않아도 된다.

그것이 오히려 당연하다. 노래에서, 영화에서, 책에서 알 수 있듯이 이건 전 세계적으로 아주 오랫동안 암묵적 합의를 본 삶의 진리라고.

갈등이 없고 고난이 없는 작품은 명작이 되지 못한다. 명작은 자고로 기가 막힌 고난과 갈등을 품고 기깔나는 명장면과 명대사가 담겨 있어야 제맛이다.

나의 인생 첫 명장면은 19살 때 찍었다. 꼬박 반년 동안 무엇이든 잘 되었다. 하고 싶은 것들이 적성에 꼭 맞았고 '열심히 한 만큼'보다 항상 조금씩 더 잘 됐다. 노력에 행운 한 스푼 끼얹은 듯 어떤 요리를 하든 별 다섯 개를 받는 날들이었다.

그러다가 상상도 못 한 섭식장애가 나를 덮쳤다. 반년의 명장면을 뒤로 하고 꼬박 2년을 앓았다. 친구를 잃었고 학교를 쉬었고 방구석에 처박혀 먹고 토하는 날들을 반복했다. 그땐 정말이지 토하다 죽어버릴 것 같았다. 잘 먹다 죽은 귀신이 때깔도 좋다던데 엄청 먹고 왕창 토하다 죽은 귀신의 때깔은 어떠려나 싶었다.

어쨌거나 그 모든 장면을 술 한 잔에 추억할 수 있는 지금에 와서 보니 내 영화는 시즌3 정도 개봉한 것 같고, 여전히 거지같이 무료한 부분과 보기만 해도 살 떨리는 갈등과 다시는 겪고 싶지 않은 불행이 잔잔한 재미와 포근한 등장인물과 이따금 찾아오는 행복한 명장면과 예상하지 못하게 뒤엉켜 진행되고 있다.

인생 최고의 책도 모든 부분에 밑줄을 칠 수는 없는 것처럼 좋다 말다 하는 내 인생도 “어찌 보면 그렇기에 꽤 괜찮은 책이겠거니” 한다. 때때로 많이 힘들 땐 “다음 명장면은 언제 오려나” 하며 힘없는 한숨에 조금은 마음을 다독여본다.

힘든 순간마다 “당연한 거지”와 “이래서 내 인생이 멋진 거지”라는 셀프 위로를 전하며, 그래도 되도록 많은 명장면을 만끽하고자 열심히 살아간다.

나에게 가장 다정해지기로 했다

"원래 인생은 혼자다."

그 말이 싫었다. "그렇게 말해서 그렇게 되는 거라니까요?"라고 논쟁의 서막을 열고 싶은 마음을 꾹 누른 적도 있다. 좋아하던 사람이 이 말을 했을 땐 밤새 펑펑 울었다. 다음 날 말끔하게 마음을 접었다. "그런 생각을 하는 사람과 사랑할 수는 없지!"라고 씩씩하게 중얼대던 스물세 살의 겨울이었다. 마음을 갖는 것도 지우는 것도 맑고 간단했다. 어쨌든 지금보다야.

내가 싫어하던 말을 닮아가는 중이다. 이 얼마나 슬픈 일인가. 혹은 이 얼마나 오만했던가. 다가올 나는 지나온 나와 언제든 모순될 수 있음을 현재의 나는 끝없이 간과하며 살아간다.

어쨌든 요즘의 내 인생은 본질적으로 혼자다. 본질적으로 혼자였던 삶의 형태를 비로소 받아들인 요즘이다. 원래 사람은 혼자 살아가는 것임을 거리낌 없이 받아들이고 나니 되레 조금 덜 외로워졌다. 오롯이 혼자가 되니 비로소 이 자체로 온전해진 기분이다.

무소유와 중용의 삶을 지향하는 교수님이 계셨다. 강의 첫날부터 "빨리 끝내줘야 하는데"를 연발하며 결국 강의 시간을 꽉 채우시는 나쁜 버릇 때문에 뭇 학생들의 원망 어린 세모눈을 견뎌내야 했지만, 차가운 머리와 따뜻한 가슴, 대단한 연구 업적에 반해 어딘가 엉뚱한 모습으로 결국 학우들의 사랑을 한 몸에 받아내고야 마는 교수님이셨다. 그리고 "이런 분을 만나 내 인생이 조금 더 다행이다" 생각하며 인간적인 사랑을 교수님께 퍼부었던 학생1이 바로 나다.

"무소유가 어렵습니다. 욕심을 좀 부리자면 직관적으로 이해한 뒤 바로 제 인생에 적용하고 싶어요. 관련 서적 5권, 관련 논문 10편으로 공부하지 않고요."

공부하러 들어온 학생이 공부하지 않고 날로 먹고 싶다는데 교수님은 C를 날리는 대신 나를 연구실로 불러주셨다. 직접 내린 따끈한 커피(맛은 없었다)를 건네며 함께 건네주신 말씀이 아직도 선명하다.

"무소유는 아무것도 갖지 않은 채 살아가는 삶이 아니란다. 나만 봐도 그래. 오직 나를 위한 연구실 한 칸, 교수라는 타이틀, 함께 따라오는 연구비, 명예. 주어진 삶을 충실히 살아가는 사람에게는 반드시 그에 따른 많은 것이 부여된단다. 무소유의 삶을 추구한다고 그것들을 외면하는 건 인생을 충실히 살지 않는 것과도 같아."

"무소유는 아무것도 갖지 않는 것이 아니란다. 다만 아무것도 손에 쥐지 않고 사는 삶이야. 오직 나를 위한 연구실 한 칸, 나에게 눈을 반짝이는 자네와 같은 학생들, 내 곁의 사람들, 지금 내게 꼬박꼬박 주어지는 연구비, 명예. 이 모든 것은 언젠가 사라진다네. 흔적도 없이 사라지거나 서서히 사라지거나 사라지지 않아도 확연히 줄어들 것이야. 다만 줄어드는 만큼 새로이 생겨나는 것도 있겠지. 교수직에서 은퇴하고 자네와 같은 사람들이 내 곁을 떠나고 나면 비로소 내게는 여유라는 것이 생길 테지. 그 여유를 느끼지 못하고 그것을 상실로만 받아들인다면 그 사람은 무소유를 이해하지 못한 이라네."

"나의 이름과 함께 존재하는 모든 것과 같이 살아가는 것이 무소유야. 그 모든 것을 손에 꼭 쥐려고 하는 것이 아니라 그것들과 함께 살아가는 것 말이야. 그럼 비로소 내가 중심이 되지. 봄이 가고 여름이 오고 또다시 가을과 겨울을 나듯, 나를 중심으로 많은 것이 사라지고 되살아나고 멀어지고 생겨난다네. 그것들을 손에 쥐고자 하면 나의 중심이 사라지지. 멀어지는 나의 것이라 생각했던, 그것을 손에 움켜쥐고 손바닥에 수많은 생채기를 내며 그것이 멀어지는 대로 끌려가게 된다네. 삶이라는 중심에서 뿌리 뽑힌 채 끌려갈수록 그 중심이 아득히 멀어질 뿐이야."

30분이 채 되지 않은 짧은 시간이었지만 아주 오랫동안 이 말을 되새기며 살아가게 되겠다는 직감이 들었다. 그룹 과외를 몇 개나 뛰며 마련한 새 학기 등록금이 전혀 아깝지 않은 순간이었다.

저 날의 가르침으로 올해도 여전히 배워가고 있으니, 강의의 가성비가 아주 좋다. 그간 영원히, 아니 적어도 남은 내 삶의 길이 만큼은 손안에 남아줄 것이라 확신하거나 기대했던 그 많은 기회와 사랑, 우정과 세상의 '어떤 것'들이 결국 지난봄처럼 내 곁을 떠나가도 그래도 나는 오롯이 나로 살아올 수 있어서 다행이다. 꾸준히 휘청댔지만 결국 뿌리째 뽑혀 나가지는 않아서 다행이다. 열매가 떨어지고 꽃이 지고 나뭇잎을 몽땅 날려 보내고 수많은 가지마저 죄다 꺾였다가 때로는 밑동까지 통째 베어져도 뿌리만은 지킬 수 있는 사람이라 다행이다.

그래서 나는 나에게 가장 다정해지기로 했다. 죽을 때까지 내 곁을 떠나지 않을 단 하나의 존재, 그래도 손에 쥐어보겠다 고집 피우면 손에 쥐어져 주는 착하고 가여운 존재, 무한의 무소유 속 딱 하나 내가 소유할 수 있는 것, 영원의 단어에 가장 가까이 있어 주는 유일의 관계, 내가 아니면 나만큼 고심하지 않을 단어, 나.

세상이 너무 뾰족하다. 나만큼은 나에게 둥글어 줘야지. 세상 모두가 나를 콕콕 찔러도 나만큼은 나를 좀 안아주며 살아보고 싶다. 내가 나를 미워해서 내가 나를 주눅들게 만들지는 말아야지. 세상에서 가장 잘난 사람일 수는 없어도 내가 나를 못났다 여기지는 말아야지. 부정할 수 없을 만큼 못날 때면 뭐 못나도 좀 괜찮다고 이유 없이 편들어 줘야지. 가재는 게 편이고 나는 내 편이 되어줄 테다.

나로 살아가는 삶이 때때로 불행하고 퍽 자주 힘들어도, 눈 감기 전 숱한 후회들이 숨 막힐 듯 몰려온다고는 해도 "나에게 좀 잘해줄걸"이라는 후회만큼은 필요 없는 삶을 살고 싶다. 내가 나로 살아서 그래도 나에게 고마웠다는 한마디는 진심으로 건네주며 삶을 마쳐보고 싶다.

누구보다 내가,
누구에게보다 나에게,
가장 다정한 삶을 살아가고 싶다.

에어팟을 빼다

어렸을 때 사랑하는 나의 양육자가 "살아가며 맞닥뜨리는 모든 어려움에 있어 입은 닫고 귀는 열면 반은 해결할 수 있을 것"이라는 흔하고도 인상 깊은 삶의 조언을 해준 적이 있다.

그런 반짝이는 조언을 들으며 자란 나는 현관문을 나서는 순간부터 에어팟으로 두 귓구멍을 막아버리는 멋진 어른이 되었다.

에어팟을 꼈음에도 불구하고 바깥소리가 들린다면 거의 100%의 확률로 노이즈캔슬링 기능이 꺼져 있는 상태일 것. 건물 문을 나서는 즉시 무의식적으로 바깥소리의 데시벨을 느낀 다음 노이즈캔슬링 기능을 켜거나 그대로 걸어 나가는 것이 외출 루틴이 되었다. 내 발로 걸어 바깥으로 나와놓고 바깥소리를 막으려 이토록 노력하는 모습이 조금 우습기도 하다. 우리는 언제부터 일상의 소리를 철저히 타인의 영역으로 배제하게 되었는가.

그렇다고 해도 지하철에서만큼은 에어팟이 더욱이 소중해진다는 사실을 부정할 수는 없다.
"아 나! 에어팟!"
알아차리지 못했던 상처는 발견되는 순간부터 통증을 선사하고 배경음악 같던 세상의 소리는 인식하는 순간 견딜 수 없는 소음이 된다. 특유의 무료함과 갑갑함이 내면의 예민함을 끌어올린다. 객관적 소음에 주관적 시끄러움이 더해진다.

버스에서는 에어팟을 끼지 않는 경우가 왕왕 있다. 특히 낯선 곳으로 향할 때. 지하철은 명확하다.(신도림역 제외) 정해진 노선대로 정해진 시간을 소요하며 움직인다.(1호선 제외) 반면 버스는 불안하다. 어떨 땐 막히고 어떨 땐 뻥뻥 뚫린다. 똑같은 길을 지날 때도 창밖 풍경이 매번 조금씩 달라진다.

명확과 불명확, 고정과 변화. 전자의 단어들이 안정감을 주는 것 같지만 오히려 후자의 상태에서 만족감을 얻을 때가 많다. 사람이 사람처럼 살아가는 데에는 안정감만큼이나 펄떡펄떡 아가미를 느낄 수 있는 변화무쌍이 필요하다. 고정이 이어지면 굳어버린다. 아가미가 굳으면 사람은 살아갈 수 없다.

한동안 에어팟 없이 살아갔다. 일터가 집 근처였고 재택근무도 많이 했다. 할 일이 많아 주말에도 동네를 벗어나지 않았다. 일주일의 대부분을 집에서 보냈다. 포근했다. 집이 나의 보금자리이자 작업실이었고, 카페이자 와인바였다. 집에서는 에어팟 대신 스피커로 음악을 들었다. 몇 년 전 친구가 사준 생일 선물이었다. 2만 원 대의 저렴한 제품이었지만 수년째 집에 방문하는 이들의 극찬을 받고 있을 만큼 음질이 훌륭하다. 매일 썼는데 잔고장 한 번 나지 않았다. 생명체든 비생명체든 변함없는 알맹이를 가지고 있다면 언젠가 그것을 알아주는 이가 분명히 생겨난다. 그러니 우직하게 나의 핵심을 가꿀 것.

어쨌거나 지하철을 탈 일이 없으니, 귓구멍이 막힐 일도 없었다. 할 일이 많으니 정리 정돈에 나태해졌고 어질러진 집안 모양새에 화가 난 에어팟은 자기 혼자 가출이라도 했나 보다. 오랜만에 청담에서 저녁 약속이 잡혔다. 저녁 식사를 위해 합정에서 청담으로 이동하는 것은 퍽 애매할 때가 많다. 약속 시간에 넉넉히 도착하자니 일을 마무리할 시간이 부족하고, 일을 말끔하게 마치고 출발하면 열에 아홉은 지각을 한다. 다섯 시 반에서 일곱 시 사이에 한강을 건너는 재택근무자의 설움이자 에어팟을 찾을 시간이 없었음에 대한 어필이다.

버스를 타야 아가미가 숨을 쉬지만, 퇴근 시간에는 아가미보다 정확한 이동 시간 계산이 더 중요하다. 에어팟도 없이 간도 크게 퇴근길 2호선에 올라탄 까닭이다. 뽀송하게 열려 있는 귓구멍으로 “에어팟아 미안해, 내가 잘할게. 돌아와 줘”를 중얼거리고 있는데 눈앞에 나와 똑같은 귓구멍 세 쌍이 보였다. 둘은 연인, 하나는 말 그대로 하나.

쉼 없이 대화하는 연인을 보며 나 역시 일행과 함께 일땐 지하철의 소음을 인지하지 못했다는 사실을 깨달았다. 열려 있는 고막으로 쏟아지는 수많은 소리 중에 오직 내가 집중하고 싶은 것에 온전히 집중하였다는 사실이 당연한데도 새삼스레 재미있었다.

나 홀로 '오픈 고막'의 주인은 책을 읽고 있었다. 오늘날 멸종 위기종이 되어버린 '지하철 안에서 종이책을 읽는 사람'이었다. 책 읽는 것을 좋아하고 여전히 종이책을 선호하는 나조차 지하철에서만큼은 오디오북을 듣는다. 귓속을 쑤셔대는 소음들 속에서 평정심을 유지한 채 종이책을 읽기란 결코 쉬운 일이 아니다. 집중력의 문제인지 의지의 문제인지는 모르겠지만.

오롯한 평정을 되찾고 싶었다. 어떠한 관계에도 의존하지 않고 오롯이 나로서 만들어내는 온전한 심리 상태. 밖에서 쳐들어오는 자극들과 내면에서 솟구치는 비교들에 휘청이지 않고 나의 알맹이를 쓰다듬을 수 있는 우직함. 없었던 관계가 생겨나고 그 관계의 형태가 변화하고 커다란 비중을 차지하던 관계가 한순간 사라져도 나는 언제든 다시 그 자리에서 나의 종이책을 펼 수 있는 사람. 그런 사람이 되고 싶었다.

다행히 약속 시간에 늦지 않았고 아주 맛있는 식사를 마치고 집에 돌아왔다. 다음 날 아침부터 외부 일정이 있어 즐거운 대화에 억지로 쉼표를 찍었다. 오늘의 아쉬움이 다시 우리를 만나게 할 거야. 오전 일정을 앞둔 밤이면 항상 자기 전에 미리 가방을 싸둔다. 지갑과 다이어리, 보조배터리와 파우치를 챙겼다. 에어팟을 찾아볼까 싶어 작업실 서랍장을 열다가 다시 닫았다. 대신 책 한 권을 챙겼다. 에어팟에게 잠시 세상을 여행할 시간을 주어야겠다. 그동안 나는 책을 읽으리. 세상의 소란에도 끄떡없이 고요한 중심을 가질 때쯤이면 첫 번째 혹은 세 번째 서랍장, 아니면 옷방 어딘가에서 다시 에어팟이 발견될 테다. 정 없으면 하나 사지 뭐. 관계처럼. 내가 휘청일 때 의지했던 수많은 것들처럼.

아무렇지 않은 날씨

대체로 어떤 것을 좋아하는 데에는 이유가 있고, 그 이유에는 그것만이 가지고 있는 특별한 요소가 담기는 경우가 많다. 내 피부는 웜톤이니 코랄색 섀도우가 좋다거나, 무조건적인 애정을 퍼부어주는 강아지가 좋다거나, 스트레스 확 풀리는 매운맛이 좋다거나. 나는 숫자 3을 제일 좋아하는데 "삼"이라고 발음할 때 목 안에서 단정하게 굴러가는 공기의 느낌이 좋아서 좋아한다. 무한한 숫자 중 오직 3만이 가지고 있는 매력이지.

3을, 분홍색을, 합정동 하늘길을, 달지 않은 화이트 와인을 제각각의 이유로 제일 좋아하고 있지만 날씨만큼은 '아무렇지 않은 날씨'를 가장 좋아한다.

아무렇지 않은 날씨.

집을 나섰을 때 '날씨가 어떻다'라는 생각이 전혀 들지 않게 만들어주는 날씨를 일컫는다. 비가 쏟아지지 않고, 너무 덥거나 춥지 않은 것은 물론 해가 쨍쨍 비춘다거나 따뜻하다, 시원하다, 아주 맑다, 조금 흐리다 등의 뚜렷한 느낌이 머릿속을 채우지 않는 그런 날씨 말이다.

'아무렇지 않은 날씨'라는 말은 몇 해 전 한강에서 탄생했다. 백색소음과 차분함이 적당히 어우러진 집 밖의 공간에서 쌓인 일과 생각거리를 해치우는 것을 좋아하지만, 생각이 너무 많을 땐 오히려 집 안에 꽁꽁 숨어 있게 된다. 고작 몇 걸음, 현관문 밖으로 나서기 위해 거쳐야 하는 일련의 작은 과정마저 번거로운 거지. 씻고 머리를 말리고 무슨 옷을 입을지 결정하고 가방을 챙기는 그런 난이도 마이너스 오십짜리 과정들마저도. 그러니까 그날은 예외의 날이었다. 생각이 너무 많았는데 일단 좀 나가고 싶은, 평소의 나답지 않았던 날.

암묵적으로 단단해진 나만의 행동 양식에서 벗어난 선택이 "오히려 좋아"의 결말에 이르면, 그때의 선물 같은 기분이 퍽 오래 기억에 남기 마련이다. 소란한 마음으로

"일단 좀 걷자"라며 나온 한강에서 시간은 날아갔고 머리는 맑아졌으며 마음은 산뜻해졌다. 세 달이 지나도 정리되지 않을 것 같던 생각이 세 시간 만에 말끔하게 '좌우로 정렬'되었다.

까닭 없이 뿌옇게 느껴졌던 눈을 몇 차례 끔뻑인 후 산만하던 시야를 끌어와 출렁이는 한강 물결에 고정시켰다. 비로소 주변 풍경이 눈에 들어왔다. 지겨울 만큼 익숙한 풍경이 여전히 아름다웠다.

문득 '날씨라는 것이 존재하지 않는 세상 같다'라는 신기한 생각을 했다. 그런 세상은 존재하지 않을 텐데. 잔잔한 비현실감마저 들었다. 괜찮은 느낌이었다. 기분이 묘하게 좋아지기까지 했다. 어쨌든 정말이지 피부에 닿는 날씨의 느낌이 없었다. 어떠한 대기의 온도라거나 미약한 공기의 흐름조차 느껴지지 않았다. 존재하지 않는 것 같은데 존재하지 않을 리가 없으니 '아무렇지 않다'라고 표현하게 되었다.

너무 피곤한 날들이 이어지고 있었다. 너무 오래 이어지니 으레 당연해졌고, 그렇게 피곤한 줄도 모른 채 살아가고 있었다. 날씨라는 너무도 당연한 외부 자극이 사라지니 비로소 바글대는 생각에 집중할 수 있었다. 날씨를 느끼지 않아도 되자 나는 나를 느낄 수 있게 되었고 머릿속을 콕콕 찔러대는 마음의 자극들을 한데 뭉쳐 둥글릴 수 있었다. 둥글어진 마음의 조각들은 더 이상 아프지 않았다. 오랫동안 피곤한 줄도 모르고 살아왔음을 깨달았다. 모든 것을 깨달았을 때는 더 이상 피곤하지 않았다.

아이러브머니

“돈은 좋은 것.”

툭하면 날아오는 제주도. 신창해안도로 근처 조용한 카페에 앉아 있는 중. 반짝이는 에메랄드 바다와 빙글거리는 풍차, 외강내강의 형상으로 모여 있는 현무암의 까만색을 바라보며 한다는 생각이 고작 이 모양이다.

그래도 따지고 보면 그렇게 ‘이 모양’인 생각도 아니다. 곱씹을수록 틀린 말도 아닌 것 같고, 살아갈수록 진리의 한 단락 같기도 하다.

참 요상한 세상을 살아왔고 살아가는 중이다. 어렸을 땐 ‘물질만능주의’라는 단어가 TV에서 책에서 선생님의 목소리에서 시도 때도 없이 튀어나왔다. 물질만능주의는 농약 같았다. 더 좋아지려고 사용하다가 어느 순간 치명적인 문제를 야기해버리는 골칫거리. 잘못 쓰면 죽음까지 이어지는 위험한 것. 그땐 부자는 악인이고 가난함은 순수이자 지혜의 필요조건 같았다.

물질만능주의를 비판하는 시간을 걸어왔는데 그 결과가 물질만능주의인 현재를 살고 있다. 알쏭달쏭 세상은 요지경이다.

돈은 아무래도 좋다. "세상에서 제일 부유한 사람도 우리만큼 자주 우울하고 슬퍼할 것"이라는 J의 말에 L은 "그래도 나는 방구석에서 깡소주 마시면서 흐느끼느니 전용기 안에서 에르메스 버킨백 집어 던지며 오열하고 싶다"라고 반론하였고 가운데 앉아 있던 나는 L의 손을 들어주었다. "L 승" 승자가 기분 좋게 내느냐, 패자가 벌칙으로 결제하느냐로 이어진 2차 토론에서는 "보너스 받은 니가 내라"는 이상한 결론에 두 토론자가 모두 적극 찬성하여 별안간 내가 치킨을 샀다. 많이도 먹었더라. 우리는 세 명인데 소맥은 왜 여덟 병이니. 보너스라도 받아서 다행이라고 생각했다. 역시 돈은 좋다.

돈을 마음껏 좋아하는 내 모습이 좋아서 다행이다. 농약을 딱 필요한 곳에 필요한 만큼 쓸 줄 아는 좋은 농부가 된 기분이라서. 농약이 없으면 좋은 과일을 키워내지 못하는 농부라거나 농약을 눈앞에 두고 '이걸 마셔, 말아'를 고민했던 자라면 농약을 산뜻하게 바라볼 수 없겠지.

새로운 10년이 시작됐다. 내 나이 말이다. 초연한 마음으로 매일을 일구어가면 될 것이지 인간이 구태여 만들어 놓은 숫자가 뭐가 그리 중요할까 싶으면서도 앞자리가 바뀌니 괜히 생각도 많아진다. 새로운 10년은 어떻게 살아갈 것인가.

잘 살아왔으니 그대로 살아가면 된다고 생각하면서도 커다란 나이의 토막을 지날 때마다 주관적으로 기대하는 '잘 삶'의 기준이 달라지니까. 결국 새로 산 연두색 수첩을 펴 '되고 싶은 나'에 대해 서술한다. 10년 뒤 수첩을 다시 펼쳤을 때 '되고 싶은' 내 모습이 '좋아하는' 내 모습으로 바뀌어있길 바라는 마음도 담뿍 담아본다.

열세 가지 목표가 적혔고 '지나온 10년이 귀여울 만큼 많은 돈을 벌어보자'가 포함되었다. 그 옆에는 '그렇게 벌어서 뭐 하고 싶은데?'에 대한 대답들이 이어졌다. 돈이 부족해하고 싶은 일을 할 수 없었던 기분을 더는 느끼지 말기. 내 사람들을 챙기고 싶을 때 마음껏 챙길 수 있는 사람이 되기. 내 기분 또한. 아기 민들레 같던 나의 두 고양이가 앞으로 점점 늙어갈 텐데 이 아이들을 원 없이 보살펴줄 수 있길. 나의 두 고양이와 살며 깨우친 생명에 대한 사랑을 더 많이 실천하며 살아갈 수 있기를. 평생을 함께할 내 사람과 더 많은 즐거움을 경험하며 살아가길.

돈을 아무래도 좋아할 수 있는 사람이 되어서 참 다행이다. 나를 위해 사용하고 나의 사람들을 위해 사용하고 내가 추구하는 가치관을 위해, 내가 꿈꾸는 세상을 위해 돈을 사용하고 싶어 하는 사람이라 다행이다. 사랑과 행복, 생명과 따뜻함을 위한 수단을 넘지 않아서 다행이다. 돈에 투영하여 나의 삶이 주객전도되지 않았음을 확인할 수 있어 더욱이 다행이다.

삶의 필수 요소들이 뒤바뀌지 않는 삶을 만들어가고 있어서 다행이다. 순서가 뒤바뀌지 않는다면야 각각의 위치에서 모든 것을 건강하게 극대화해 보지 뭐.

아이 러브 머니.

아이 러브 유.

아이 러브 마이 라이프.

Part 02.

나는 가끔
나와
헤어지고 싶다

찍찍이를 달고 싶다. 몸에 마음에 인생에.

그냥 되게. 그냥.

나는 가끔 나와 헤어지고 싶다.

자존감 이상향에는 자존감이 없다

딱 둘 뿐인 대학교 친구 중 하나가 아이를 낳았고, 그 아기가 무럭무럭 자라고 있는 초여름이다. 주변에 아이가 있는 친구가 아직 하나 뿐이기도 하고 내가 이 친구를 정말 많이 좋아하기도 해서 퍽 자주 친구의 아이를 보러 간다. 나는 아직 내가 아기 같은데, 내 친구는 아기가 있다는 사실이 신기하다.

따지고 보면 Y는 항상 자유롭게 어른스러웠다.
내가 휘청이듯 어리숙할 때도.

나는 주변 사람들이나 나의 이야기를 들으러 발걸음해 주시는 분들께 왕왕 Y의 이야기를 한다. 자존감을 다루는 것을 나의 가장 중요한 조각 중 하나로 삼고 있지만, 어쩌면 진짜 자존감의 이상향은 이 아이가 아닐까 하는 생각을 근 10년째 하는 중이기 때문이다.

내가 자존감에 대해 고민하고 이야기할 수 있는 이유는 나조차 부단히 자존감에서부터 야기된 우울과 권태로 힘들었고 여전히 왕왕 흔들리는 사람이기 때문이라고 생각한다. 나와 달리 Y는 자존감에 관한 이야기를 거의 하지 않는다. '자존감'이라는 단어를 머릿속에 떠올린 적도 몇 번 되지 않는다고 한다. 그마저도 대부분은 나와 이야기할 때라고. 예쁜 사람은 외모 콤플렉스도 발가락에 있다더니 너의 자존감은 대체 얼마나 예쁜 걸까.

Y는 단단하고 다정하다. 그 두 가지 요소가 한 사람의 인격에, 그것도 동시에, 그것도 둘 다 가득 채워져 있다는 건 꽤나 큰 복이다. 그런 사람을 가까운 관계로 곁에 두고 있는 나도 덩달아 아주 큰 복을 받은 것 같은 기분이 든다.

Y와 친구로 지내온 적당한 기간 동안 나는 Y 앞에서 마음껏 나약해질 수 있었고 솔직할 수 있었고, 기쁠 수 있었고 휘청일 수 있었다. 그냥 가만가만히, 별 노력 없이 있어만 주었던 것 같으면서도, 마침내 정신을 차리고 동굴 밖으로 나왔을 땐 이 아이가 햇살만큼 따뜻했다고 느

끼곤 한다.

그러니 나에게도 너의 아이가 참 많이 소중하다. 너의 뱃속에 생겼을 때부터, 세상에 나오고 쑥쑥 커가는 그 모습들이 내게도 참 많이 소중하고 특별하다. 객관적인 특별함에 주관적인 특별함을 더해 더 많이 반짝거린다. 나의 좁고 깊은 인간관계에 너라는 사람을 통해 원 플러스 원이 된 너의 아이가 아주 많이 반갑다.

Y의 아이를 처음 만난 날 "참 순하다"고 생각했다. 딱 자기 볼살만큼 순한데 동시에 짙고 곧은 눈썹만큼 딴딴한 아기를 보고 웃음을 참을 수가 없었다. 순한데 딴딴한 것이 Y를 고스란히 닮았다고 생각했다. 그렇다면 이 아이는 삶을 보다 무던히 살아갈 수 있을 것이다. 단단하고 다정하게 세상을 바라볼 수 있겠지. 큰 복을 안고 나온 아이다. 엄마에게 감사하렴. 좋은 양육자를 닮아간다는 건 행복한 일이거든.

때때로 나의 양육자를 아주 많이 미워했던 적이 있었다. 도무지 이해되지 않던 날도 쉴 새 없이 많았다. 그러다 보니 어느새 나를 낳았던 엄마의 나이가 되었다. 한 해 한 해 흐를 때마다 새롭게 만나는 나의 모습들에는 왕왕 엄마의 모습이 담겨 있다. 낯설었고, 놀라웠고, 당황했고, 부정한 날도 있다. 그러다 이내 한없이 편안해졌다.

다행이야! 엄마. 다행히 나는 점점 더 엄마를 이해하며 살아. 엄마를 더 많이 사랑해 간다는 뜻이야. 그 사랑에는 미안함이 많이 담겨 있는데, 미안함 대신에 고마움으로 채워보려고. 어쩔 수 없이 어른으로 살아가야 하는 나의 삶 속에서 나도 모르게 마주치는 엄마의 모습이 궁극적으로는 아주 마음에 들어.

휘청임 속에서 해답을 찾고, 말랑한 마음 안에 단단함을 가질 수 있는 어른이 되어서 참 다행이야. 엄마의 딸로 살아서 다행이라는 말과도 같아.

이 얼마나 다행이야. 그렇지?

나에게로 떠나는 여행

한창 아이돌을 좋아하기 시작했을 때 오빠는 발라드에 푹 빠져 살았다. 똑같은 베개를 베고 잠이 들면 어디서든 함께 있는 것이라든지 그대를 향한 사랑이 가시가 되어 내 안을 파고든다든지 누나를 너라고 부르겠다든가 하는, 그 당시의 내가 듣기에는 너무 간질간질한 가사의 노래를 심지어 지그시 눈을 감고 부르는 오빠를 보면 놀리지 않고는 견딜 수가 없었다. 오빠가 사랑을 알아? 지난주에 고백한 그 언니한테도 차였으면서! 엄마! 오빠가 나 때려!

그래도 오빠가 좋아하는 노래 중에 딱 하나, 내 마음에도 쏙 드는 노래가 있었다. 노래 제목이 '나에게로 떠나는 여행'이었다. '텀블러 한 잔에 널 털어 넘기고 이젠 나를 좀 더 사랑할 거야'라는 가사가 가장 좋았다. 살면서 수많은 생명과 비생명의 '너'를 마주칠 때마다 저 가사에 대입한다면 결국 '다 털어 넘기고 나를 좀 더 사랑할 수 있을 것' 같았다.

나에게로 떠나는 여행이 간절한 요즘이다. 나는 누구인가. 이것이 나에게로 떠나는 여행이 간절한 단 하나의 이유였다. 요즘 들어 내가 누군지 모르겠다는 생각이 자꾸 든다. 여러 가지 모습을 가지고 있다거나 나의 어떤 모습과 또 다른 모습이 서로 모순된다거나 하는 문제가 아니었다. 너무 아무 생각 없이 살아가다 터져버린 문제였다. 룸메이트도 대화를 해야 하고 가족도 대화를 해야 서로를 알 텐데, 나와 나의 대화가 너무 부족했다. 바쁘기도 했고 내가 나로 사는 삶에 얕은 권태감을 느끼고 있기도 했다. 공교롭게 살도 많이 쪘다. 거울을 보는 횟수가 확연히 줄었다. 나는 안팎으로 나를 마주하지 않고 있었다.

대화의 장을 마련하는 기분으로 항공권을 예약했다. 연인과의 화해를 위한 레스토랑 예약과 비슷한 심정이었다. 대화의 값이라기엔 조금 비싼데. 하지만 나는 철없는 고급 입맛인걸. 그렇게 오키나와에 왔다.

잔뜩 삐진 아이가 입술을 내밀고 등을 돌리듯 나는 여행 내내 카메라에서 등을 돌렸다. 사진 찍는 것을 참 좋아하는 나였는데. 하긴 어린아이도 자신의 기분을 기꺼이 달래줄 것 같은 존재에게 마음 놓고 삐져버린다. 언제든 가까이할 수 있으니 마음껏 등을 돌릴 수도 있다.

"재밌냐."
진동 소리에 휴대전화를 꺼내니 엄마의 메시지가 와 있다. 단 세 글자에 오백 가지 감정이 녹아 있었다. 싸웠다고 여행 가는 데. 한마디 하지 않고 떠난 철없는 성년의 딸에 대한 나무람, 즐거이 시간을 보내고 안전히 돌아오길 바라는 애정, 엄마 없다고 신나게 어깨를 드러내고 다니는 딸내미의 메신저 프로필 사진을 보고 차오르는 혈압, 그래도 참 한결같이 본인 하고 싶은 대로 열심히 살아가는 자식에 대한 응원과 사랑.

나와 나의 대화가 이어지다 보면 결국 살아온 발자취를 되감아 지르밟게 되고 그 안에 꾸준히 등장하는 주연 배우는 가족일 수밖에 없다. 세 글자의 메시지가 더해져 나는 엄마가 되어도 이상하지 않을 나이에 어린아이처럼 또다시 내 엄마에 대한 생각을 한다.
중학생 때 엘리베이터 앞에서 엄마 몰래 보라색 렌즈를 끼다가 외투를 털러 나온 엄마에게 들킨 적이 있다. 렌즈를 낀 한쪽 눈을 들키지 않으려 어색하게 윙크를 하고 있는 나를 보고 엄마가 푸하하 웃었다. 된통 혼날 줄 알았는데 엄마는 오히려 "맘고생 했네. 들어가서 손 깨끗이 끼고 나가라"고 말해주셨다. "보라색 멋지다. 그런 건 어디서 사냐"라는 말을 벌게진 나의 뒤통수에 덧붙였다.

고등학생 땐 친구들보다 조금 빨리 듀얼 모니터를 썼다. 오빠의 게임용 모니터였는데 나의 입시 공부를 위해 기꺼이 빼앗겨주었다. 그렇게 빼앗은 모니터 하나에는 인터넷 강의를 틀어두고 또 다른 모니터에는 항상 쇼핑몰 화면을 띄워 놓았다. 옷 구경을 참 좋아했다. 막상 다 크고 나니 '나 왜 안 혼났지' 싶어 엄마에게 물어보았다. "알아서 스트레스 잘 풀면서 공부하는구나 싶어, 그냥 뒀다"라는 대답이 돌아왔다.

연세대학교 논술 시험 당일, 입시 과목 중에 논술을 제일 좋아했고 입시를 떠나 진심으로 논술을 사랑했던 나는 스스로의 기대에 부응하듯 1등으로 답안지를 제출했다. 뿌듯하게 정문으로 나왔는데 엄마가 보이질 않았다. 전화를 걸어보아도 도통 받지를 않는다. 이제 한창 대학 입시 과정의 한복판을 겪고 있는 18살에게는 너무 가혹한 시련이었다. 놀이동산 미아처럼 정문 앞에 꼼짝 않고 30분을 기다렸다. 당황스러웠다. 조금만 더 있으면 아무나 붙잡고 "저랑 똑같이 생긴 우리 엄마 보셨어요"를 하고 다닐 참이었다. 정문 앞 수많은 '아무나'는 대부분 다른 학생들의 학부모였다. 슬슬 눈물을 쏟아볼까 하던 찰나 저 멀리서 익숙한 실루엣이 보였다. 정문으로 여유롭게 걸어오는 내 엄마다. 미워 죽겠다. "엄마 어딨었어! (엄막! 어딨었억!에 가까웠던 것 같다)"라고 하니 벌써 끝날 줄은 몰랐다고, 기다리다 심심해서 영화 한 편 보고 오셨단다. 자식을 키워본 적은 없지만 내 자식의 목표 대학 논술 시험 날 영화를 보지는 않을 것 같았다. 나의 긴장과 진지함을 함께 느껴주지 않는 엄마가 미웠다. 서러웠다. 세모눈을 하고 씩씩댔다. 지금은 연세대학교와 나를 엮은 그 모든 추억 중에 가장 소중한 기억으로 남아있다.

엄마가 신기하고 이상했던 나는 자랄수록 엄마를 닮아 간다. 소중한 사람을 믿고 무엇보다 나를 믿고, 나에게 가장 솔직하고, 나를 믿어주는 이를 실망하게 하려 하지 않고. 인생은 무엇보다 각자 자신의 것이니 자신의 색으로 열심히 살며 바르게 행복하면 그걸로 됐다. 됐다는 말은 충분하다는 말과 같고, 행복은 충분한 만족감에서 비롯된다.

'나' 그대로 충분한 여행이었다.
나에게로 떠나는 여행이었다.

추억 활용법

유난히 파리가 그리운 요즘이다. 파리는 물론 유럽 땅을 밟아본 적도 없을 때부터 막연히 파리를 좋아했다. 모자를 좋아하는 취향마저 파리와 엮었다. 습관처럼 "난 전생에 파리의 모자 장수가 아니었을까"라고 중얼거렸다. 아무것도 모르면서. 제주도처럼 유럽을 드나들던 지인이 만날 때마다 파리 흉을 볼 때에도 무작정 귀를 닫았다. 명확한 이유가 있는 것도 아니었다. 그냥 좋았다. 마음에 '무조건적인 애정'의 필터를 끼우고 찾아간 파리는 생각보다 더 좋았다. 춥고 정신없고 더러웠지만 아름답고 낭만적이고 반짝거리던 파리만 골라서 머리와 마음에 담고 돌아왔다. 취사 선택된 파리 여행의 기억은 파리에 대한 유난스러운 애정만 한층 키워냈다. 따지고 보면 파리가 그 정도까지 독보적으로 이상적인 곳은 아닐뿐더러 파리보다 좋은 곳도 얼마든지 많을 테고, 객관적인 기준을 떠나서도 내게 더 잘 맞는 공간이 있을 것임을 스스로도 알고 있다. 문제는 자발적으로 흔쾌히 그 사실을 외면하고 있다는 것. 딱 파리를 사랑하는 형태와 정도로만 누군가를 사랑할 수 있다면 내 삶이 충분히 행복할 것 같다는 생각을 한 적도 있다. 딱 파리를 사랑하는 만큼 누군가로부터 사랑받을 수 있다면, 그 한 가지 사실만으로 이 뾰족한 세상에 태어나 살아가야 하는 이유를 더할 나위 없이 납득 해낼 수 있을 것 같았다.

유독 힘들었던 재작년을 고스란히 살아내고 그 끄트머리를 다행히 파리에서 보낼 수 있었다. 생일과 더불어 가장 사랑하는 날인 크리스마스를 파리 디즈니랜드에서 시작할 수 있었고 기적처럼 그 겨울의 첫눈이 내렸다. 멍하니 첫눈을 바라보고 있자니 한 해를 까맣게 먹칠하던 그 모든 일이 그냥 새하얘지는 것 같았다. 보낸 이 없는 축복을 받는 기분이었다. 나 자신이 보내준 것 같기도 했다. 역시나 축복에 대해 아무것도 모르면서도.

그 겨울의 파리에서 나는 극심한 독감을 달고 돌아왔다. 온 세상이 코로나를 앓던 그때 나 혼자 독감으로 죽다 살았다. 그것이 또 서러웠다. 남들 다 앓는 아픔이 아니라 나 혼자 다른 아픔을 앓고 있어서 속상했다. 아픈 건 매한가지인데, 별 걸로 다 서러워했던 것을 보니 그 당시의 내가 얼마나 외로웠던 것일까 싶다. 독감은 차가운 파리가 아니라 얼어붙은 마음에서 발현된 것이었을지도 모른다.

그래도 다시금 틈만 나면 그때 그 파리의 기억을 뒤적이는 요즘의 나다. 간직된 기억은 주관적인 연출을 입어 더욱이 아름다워지기 마련. 덕분에 나는 추억을 뒤져 현재를 살아가는 따끈따끈한 힘을 얻어낸다. 마냥 좋은 것인지는 모르겠다. 힘은 약과 같아서 때로는 나를 살리고 자칫하면 나를 망가뜨린다. 다행히 이제 나는 때때로 아름다워져 버린 아름답지 않은 추억에 속지 않을 만큼은 똑똑해졌다. 12월의 파리를 다시는 얇은 코트 한 겹으로 찾지 않는 것처럼. 아득하게 그리운 그때 그 시간과 관계에 아쉬움으로 포장한 후회를 뚝뚝 떨구지 않는 것처럼.

나는 가끔 나와 헤어지고 싶다

R과 헤어졌다. 결핍에서 시작된 관계였고 결핍으로 마무리되었다. 모두 나의 결핍이었다. 단단하던 R이 나보다 더 휘청거리는 것을 보자 더는 이 관계를 이어갈 수 없었다. R은 관계를 지속하고 싶어 했다. 흔들렸다. 하지만 궁극적으로 우리 모두를 위한 선택은 마침표라는 것을 R과 나는 알고 있었다. 나는 나를 위해, 또 R을 위해 악역을 택했다. 그 전부터 악역이었을지도 모르겠다는 생각이 들었지만.

죽을병에 걸린 사람처럼 꼬박 며칠을 침대에 누워 있었다. 내가 끝낸 관계 때문에 내가 아파하고 있다는 것이 역하게 느껴졌다. 내 모습에 내가 역했다. R이 싫어 헤어진 게 아니라면 R의 곁에 있는 내 모습이 싫었던 것일까? 그래, 나는 나를 미워했던 것 같다.

나는 나와 헤어졌다. 나와 헤어지고 싶었다. 아주 비슷한 기분을 R을 만나기 전에도 느낀 적이 있다. 복층 원룸 계단에 앉아 나는 나와 헤어지고 싶은 마음을 단물 빠진 껌처럼 씹어댔다. 그 마음은 진심 없는 "죽고 싶다"의 형태로 발현되고 있었다.

카세트테이프를 떠올렸다. 어릴 적 영어 공부를 할 때 '찍찍이'라는 것이 있었다. 찍찍이는 카세트테이프 플레이어의 애칭이었다. 듣기 영역을 공부할 때 살짝 되감기를 하거나 조금만 빨리 감기를 해야 할 때면 되감기나 빨리 감기 버튼을 반만 눌렀다. 그럼, 찍찍이가 찌지지직 소리를 냈다. 그래서 찍찍이는 찍찍이가 되었다. 똑같은 문장을 듣고 또 들어야 해서 버튼을 반만 눌렀다. 그런 식으로 사용하면 카세트테이프 플레이어는 금방 고장이 난다. 기계 수명이 반토막이 난다. 금세 고장 날 것을 알면서도 그렇게 썼다. 반복해야 하니까. 그때의 버릇이 아직도 남아있는 것 같다. 나는 역겨운 나의 모습을 또다시 반복한다.

잊고 살았던 찍찍이의 존재가 불현듯 떠오른 것은 "일시정지 하고 싶다"라는 생각 때문이었다. 그 당시 나에게 필요한 것은 일시 정지, 그것 딱 하나였다. 왜 삶은 잠시라도 멈출 수가 없을까? 왜 꼭 어떻게든 흘러가야 하는 걸까? 재생과 마침 사이에서 아무것도 할 수 없고 또 무엇이라도 해야 하는 인생이 미친 듯이 버거웠다.

내가 할 수 있는 것이라고는 고작 '유사 일시 정지' 따위였다. 나로 사는 삶이 멈춰버린 것처럼 행동하기. SNS 앱을 지워버리고, 휴대전화를 꺼버리고, 식사도 거르고, 그냥 누워있기. 아무나 만나 술을 마시거나 아무런 계획 없이 훌쩍 여행이라도 떠나보기. 생각을 멈추어야 할 때 도리어 생각은 활기를 되찾는다. 인생도 내 마음대로 할 수가 없는데 생각마저 내 마음대로 되지가 않아. 내가 나로 살면서 나에 대한 자율성이 이토록 부족해도 되는 것인가. 어둡고 고요한 집 안에서 홀로 붕붕 대는 냉장고가 눈에 들어왔다. 그러고 보니 너도 참 못 멈춰 보았구나. 냉장고 코드를 뽑았다. 태어나서 처음 해본 짓이었다. 까맣게 불 꺼진 냉장고 안을 멍하니 바라보았다. 냉장고 문은 항상 황급히, 단단히 닫아야 했는데. 이젠 아무래도 상관없다. 냉장고 문 따위야 열어두든 닫아두든 어차피 음식은 썩어버릴 테니까. 냉장고는 '잠시 멈추고' 싶었을까? 아무래도 상관없었다. 나는 그냥 뭐라도 망가뜨리고 싶었다. 망가져 버린 무엇이라도 눈앞에 놔두고 바라보아야 나의 망가짐을 대입할 수 있을 것 같았고, 그래야 조금이라도 덜 망가질 것 같았다.

사는 게 참 녹록지가 않다. 나의 힘든 일이 '나'를 떠나면 그냥 평범하고 흔한 세상 사람들의 모습이라 그게 더 힘들다. 나는 죽을 것만 같은데 말이야. '누가 나를 이해하겠어'라는 생각은 나를 더욱 철저히 고립시킨다. 그럼 너는 그때 그 사람의 힘듦을 알기는 했고? 사람은, 나는 이기적이다.

나로 사는 삶이 권태로워질 때는 어떻게 해야 하는 걸까. 혐오로 이어지지는 않아 다행이라 여겨야 하는 걸까. 그냥 가만히 있으면 해결되는 걸까. 지금, 이 순간이 평생 흉터로 남아 나의 삶에 거뭇하게 묻어있으면 어떡하지. 모든 것을 극복하고 나서도 두고두고 지난날의 나에게 미안해지면 어떡하지. 지난날의 나에게 미안하지도 않고 그저 후회스럽기만 하면 어떡하지. 내가 나를 미워하며 살게 되면 어떡하지.

누군가와 헤어졌다가 다시 만나는 연애를 해본 적이 있다. R과의 관계 역시 그렇게 될 수도 있겠지. 아닐 수도 있고. R과 헤어지고 이 모든 과정을 견뎌낸 후 새로운 사람과 새로운 관계를 맺게 된다면 어쨌든 지금보다야 나을 것이다. 관계는 만들고 부서지는 과정을 반복하면서 어쨌든 나에게 일련의 가르침을 주었다. 그래서 그 모든 헤어짐에 아쉬움은 있어도 후회는 없을 수 있었다. 그 모든 헤어짐을 딛고 결론적으로 나는 조금 더 나은 사람이 되었다. 성장과 성숙에 이 정도 멍쯤이야 달고 살 가치가 있었다.

그런데 내가 나와 헤어지고 싶어지는 이 순간은 어떻게 해야 할지 아직도 모르고 산다. 조금 지나면 괜찮아지길 바라면서도 조금 지나면 괜찮아질 일에 이토록 앓고 있는 내 모습에 한 번 더 권태로움이 차오른다.

찍찍이를 달고 싶다.
몸에 마음에 인생에.
그냥 되게. 그냥.
나는 가끔 나와 헤어지고 싶다.

나를 살게 하는 자그마한 책임감

#1

까치밥을 만들고 있다. 참새와 까치 공용이다. 먹다 남은 찬밥에 불린 고양이 사료를 섞어 뭉치면 끝. 한 달 전에 이사 온 합정동 하늘길은 한강이 아주 가깝고 주변 건물의 층고도 높지 않아 새가 많다. 새소리에 잠이 깰 수 있다니. 좋은 동네다. 어쨌거나 슬슬 잎이 떨어지고 있다. 이제 앞 건물 정원 감나무에 달린 감들도 떨어질 차례다. 가을 내내 저 감으로 포식하던 새들에게는 결코 좋은 소식이 아니다.

어릴 적 살던 아파트 베란다 밖에는 우리 층을 겨우 넘는 키를 가진 나무가 있었다. 그 나무에는 빼애빼애 거리며 우는 이름 모를 새들이 매일 같이 찾아왔다. 나뭇잎보다 여리게 생긴 예쁜 새가 고막을 쑤시듯 빽빽거리며 우는 모습이 귀여웠다. 예쁘다고 연약할 필요는 없지.

엄마는 베란다 창틀에 현미밥을 한 덩이씩 붙여 놓았다. 작은 현미밥 한 덩이는 엄마에게 주어진 하루의 노동 강도를 전혀 높이지 않았지만, 그 아이들에게는 어쩌면 하루 통째로의 위로였을지도 모르겠다.

늦가을 새밥을 만드는 나다. 베란다 밖에는 새가 있고 안에는 나의 두 고양이가 있고 거실에는 내가 있다. 단순하고 소박한 행복이다. 때로는 단순하고 소박할수록 소중한 법.

#2

벌써 이 년째 휴대전화 배경 화면이 바뀌지 않고 있다. 누군가가 커뮤니티에 적은 글을 캡처해 둔 것인데 '아침에 일어나기 싫을 때 "혹시 70대의 몸이 아프고 외로운 내가 제발 몸도 마음도 건강하고 빛나던 20대로 하루만 살게 해달라고 간절히 기도해서 오늘 하루 20대로 눈을 뜬 게 아닐까"라고 생각해 본다'라는 내용이다. 매일의 나태함을 방지하기 위한 글 중에 나라는 사람의 취향에 꼭 맞아 배경 화면으로 채택되었다.

몸의 나태는 저 글로 이겨낼 수 있는데, 마음의 나태는 저 글도 소용이 없다. 몸의 나태는 진짜 나태함인데, 마음의 나태를 파헤쳐 보면 우울의 씨앗에서 시작되는 경우가 대부분이라서. 몸의 나태가 마음을 지배하지는 않는데 마음의 나태는 몸을 지배한다. 나의 와식에 가장 빈번히 써먹는 핑계다. 우울에 기반한 마음의 나태.

"지금 일이 문제냐"라며 한 달만 지나도 생활비가 없어 손톱을 물어뜯을 미래를 대비하지 않은 채 회사를 관두었다. 월요일부터 금요일까지 하루의 대부분을 회사에서 보내며 "이놈의 회사만 관두면 하고 싶은 100가지 일과 자기 개발을 위한 200가지 활동, 그리고 나 자신을 찾아 나서는 300가지 여행을 당장 시작해야지"라고 하루에도 수십 번씩 다짐했는데, 막상 진짜 관두고 나니 회사를 가지 않는 것의 가장 큰 행복은 불규칙과 나태함에 있었다. 새벽 세 시까지 엄지손가락으로 휴대전화 화면이나 슥슥 밀고 있어도 "아 진짜 자야 하는데"라거나 "지금 자도 얼마 자지 못하는데"의 생각을 한숨에 담아 푹 내쉬지 않아도 된다는 것. 다 큰 어른이 고작 이 사실에 되게 기쁘다.

정확히 11시 59분에 일어나서 "나는 백수지만 아침에 일어났다! 아직 오전이고 오전이면 아침이지! 나는 참 부지런한 백수야!"라는 헛소리를 내지르려 했는데 진짜 아침에 눈을 떠버렸다. 7시부터 나의 첫째 고양이가 양양거린다. 잠에서 깨버렸다는 사실을 인정하기 싫어 눈을 꼭 감았는데 눈치라도 챈 건지 양양이 야앙야앙 혹은 약약으로 바뀐다. "니가 이 목소리를 듣고도 잘 수 있나 어디 보자"라는 말로 바뀌어서 들린다. 기특하다 나의 고양이. 드디어 인간의 말을 터득한 거니?

계획 없는 기상에 더욱 찌뿌둥해진 몸을 일으켜 뭐라도 해준다. 내 고양이들의 컴플레인은 내가 들어줘야지 어쩌겠어. 간식도 주고 물도 갈아주고 두 놈 다 엉덩이를 통통 쳐주고 나니 한 시간이 훌쩍 지났다. 이제야 겨우 만족한 두 고양이가 고롱대며 엎드린다. 이내 뽀얀 배를 한껏 내보이며 굉장히 불편한 자세로 굉장히 편하게 자기 시작한다. 나는 깨워놓고 지들은 잔다. 가장이 이런 핍박을 받아도 되는 것인가. 이런 만행을 저질러도 마냥 귀여운 생명체는 너희들밖에 없을 거야, 하얗고 노란 나의 고양이들아.

기왕 잠에서 깬 김에 뭐라도 해야지. 날이 좋으면 자전거를 타고 머릿속이 산뜻하면 책도 읽어보고 블루투스 스피커에서 흘러나오는 음악에 맞추어 엉덩이도 살짝 흔들어본다. 조그마한 책임감에서 시작된 계획에 없던 여유는 나 자신에 대한 책임감으로 이어진다. 작은 책임감이 가져다준 여유는 나에게 나태보다 바지런함을 선사한다. 눕지 말고 일어나. 너는 시체가 아니야. 너는 사람이야. 너는 생명이야. 너는 소중한 생명이다. 너의 작은 삶 속에서 후회 없이 펄떡이길 바라.

이 주 내내 밀키트 혹은 배달 음식이던 나의 식탁에 오트밀 리조또를 올려보았다. 내가 만든 나의 식사. 객관적인 퀄리티는 그닥이고 주관적인 만족도는 아주 높다. 스틱 커피 대신 드립백으로 커피를 내린 다음 커피잔을 소중하게 감싸 들고 서재로 들어온다. 가장 좋아하는 아티스트의 재즈를 틀어두고 말끔하게 정리된 책상 앞에 앉는다. 꼬박 두 시간을 그렇게 앉아만 있었다. 아무것도 한 게 없는데 머리가 맑아진 기분이었다. 따뜻한 커피가 뭉쳐있던 고민을 쓸고 내려간 듯싶었다. 뭘 그런 걸로 그랬대. 며칠 내내 나를 울리던 고민들이 한없이 가벼워졌다. 고민은 그대로인데 커피를 한 컵 가득 마신 내가 무거워진 것일까. 숱한 고민을 딛고 올라설 수 있을 것 같았다.

나는 아파도 고양이 밥을 주어야 하고 우울해도 고양이 엉덩이를 토닥여야 하고 죽고 싶어도 고양이 털을 빗어야 하고 그러다 보면 어느새 몸을 일으키고 그렇게 고양이 화장실을 치우고 마음도 일으켜서 고양이 장난감을 흔들고 다시 나의 밥을 차리고 나의 하루를 살아간다.

자그마한 책임감이 또다시 나의 하루를 만든다.

나는 그냥 나를 믿고

삼척 바다에 왔다. 늦은 여름휴가였다. '올여름 해수욕장 운영 기간 종료'라고 적힌 현수막이 걸려 있었다. 그간 마음에 입맛이 없었다. 휴가의 정체성이 기분 전환이라지만 기분 전환도 할 마음 정도는 있어야 할 수 있는 법이다. 진수성찬이 눈앞에 있어도 입맛이 있어야 숟가락을 들지.

하지만 입맛은 언젠가 돌아올 테고 그때가 되면 남기고 온 진수성찬이 내내 아쉬워질 게 분명하다. 올여름의 고민 역시 지금이야 평생을 떠안고 살 것 같아도 가을과 겨울을 지나며 옅어지겠지. 내년 여름이 되면 지금의 고민은 온데간데없고 새로운 고민을 새로 산 베개처럼 껴안고 잠에 들고 잠에서 깰 것이다.

그래서 뒤늦게 삼척에 왔다. 챙기지 못한 여름휴가가 올

해를 마칠 때까지 내내 아쉬울까 봐. 또 모르지. 바닷가 모래에 바글대는 생각을 파묻고, 생각들이 파도를 타고 썰물에 실려 떠나가 버리면, 돌아오는 머릿속은 좀 더 가벼울 수도 있잖아. 머릿속이 가벼워지면 머리를 떠받치고 있는 발걸음도 가벼워질 테고, 그럼 다가오는 가을과 겨울에는 보다 가벼워진 발로 더 성큼성큼 걸어 나갈 수 있을 거야. 그렇게만 되어 준다면 여름 내내 넘어져 있느라 한 걸음도 걸어 나가지 못한 나의 과거를 두고두고 미워하지 않을 수도 있겠지.

엄마 아빠의 어깨가 나의 키보다 두 배는 더 높았던 어린 시절에도 삼척 바닷가에 왔었다. 바닷물이 마법 같았다. 아침 바다는 내게 가까웠고 오후의 바다는 내게서 멀어져 있었다. 파란색을 넘어 초록빛이 찬란하던 낮의 바다는 금세 새까만 밤 바다가 되어 나를 잡아먹을 듯 다가왔다. 신기하고 무서웠다. 그때는 밀물도 썰물도 모르던 나이었다. 그래도 내 마음은 잘 알았다. 배고프면 칭얼거렸고, 졸리면 어디서든 보호자의 다리를 베고 잠에 들었다. 그 여행에서 오빠는 유독 칭얼거렸다. 나는 재미있기만 했는데. 타인의 마음을 헤아리기에 나는 너무 어렸고, 그래서 오빠를 달래는 법도 몰랐다. 나 혼자 신나게 바닷물로 뛰어들었다. 오빠는 아빠 품에 안겨 내내 울며 내 체력이 떨어지기만을 기다렸던 것 같다.

어렸을 땐 내 마음은 알겠는데 재 마음은 모르겠더니, 한 살씩 채워갈수록 어째 나 자신을 내가 가장 모르는 것만 같이 느껴질 때가 늘어난다. 분명 나는 내가 제일 잘 아는데, 동시에 나는 내가 제일 어려워졌어.

그래도 내 마음을 내가 말끔하게 파악하기 어렵다는 것이 무엇보다 큰 심리적 무기가 되어줄 때가 많다. 타인의 말 하나, 행동 하나는 육하원칙과 명확한 맥락에 따라 이해해야만 납득이 갈 때에도 "몰라, 내 마음이 그래" 한마디가 나의 모든 행동과 선택에, 개연성과 당위성을 부여해 준다.

그래서 매일 나는 그냥 나를 믿고 산다. "내가 할 수 있다"라고 믿는다거나, "내가 쟁취할 수, 내가 해낼 수, 내가 이길 수, 내가 버텨낼 수" 있다고 믿는 것이 아니라 그냥 '나'를 믿는다. 그럼 어느 날은 내가 하고 어느 날은 내가 이루고 어느 날은 내가 버텨내고 결국 해낸다.

정신 차리고 보니 어느새 이만큼 살아왔다. 사실 정신을 차린 상태인지도 모르겠다. 일단 이만큼은 살아왔다. 이 정도 살아오는 것도 진짜 장난 아니었는데 또다시 쉬지 않고 매일을 살아가야 한다. 무엇보다 확실한 건, 그 안에 당연히 끝없이 많을 '나'의 날.

그러니 결국 나는 그냥 나를 믿는다.

당신의 회사가 잘 되길 바랍니다

적당히 치열했던 연말 이직 준비가 만족스럽게 마무리 되고서도 SNS는 다양한 채용 광고를 내 눈앞에 가져다 놓았다. 이놈의 알고리즘.

"저 이미 기깔나는 곳에 합격했거든요?"
새로운 직장으로의 입사를 2주 남짓 앞두고 짧은 백수 라이프를 즐기며 내가 침대에 누워있는 것인지 이미 침대 그 자체가 되어 버린 것인지 모르는 나태한 '곧 서른'은 어쩌면 내가 필요하지 않을 수도 있는 채용공고들을 괜히 한 번씩 차버린다. 나를 거절했던 회사들에 대한 찌질한 복수랄까. '종로에서 빰 맞고 한강에서 눈 흘기는' 찌질한 곧 서른.

어쨌거나 채용될 필요가 없는 상태로 긴장감이라고는 1도 없이 즐겁게 채용공고를 읽는 와중에 괄호 속 어떤 문장 하나가 눈에 들어왔다.

"강남으로 곧 이사계획이 되어있습니다. 참고해 주세요."

좋았다. 저 한 문장이. 비록 나는 고작 저 문장 하나 때문에 이 회사에 지원하는 것을 포기했겠지만. 저는 합정에 살아서 이만. 출퇴근길을 상상만 해도 도가니가 뻐근합니다. 나이가 드니 직주근접만큼 중요한 조건이 없더군요.

그래도 참 좋았다. 저 한 문장을 구태여 넣어준 디자인블랑쉬라는 회사가. 구직자가 이력서를 넣을 때 회사의 위치를 확인한다는 걸 먼저 신경 써준 저 한 문장이. 앞으로의 여정을 함께할 수도 있는 사람들에게 가까운 미래에 일어날 회사의 변화를 먼저 말해준 저 배려가.

사무실 이전 계획이 담긴 한 문장을 쓰는 데에 별다른 수고가 드는 건 아니지만, 직장생활의 스트레스를 경영자가 쥐어다 주지는 않겠구나! 기대하는 데에는 덤덤하게 적힌 문장 한 줄이면 충분했다.

하루하루 살아갈수록 인간은 개구리요 각자의 삶은 각자의 우물임을 깨닫는다. 축적되는 경험과 경력은 전문성과 우물의 벽을 동시에 쌓아올린다. 내 영역이 공고해지고 내 영역 밖은 점점 다른 세상이 되어간다. 곧 서른의 나는 삼십 층의 우물 안 개구리다.

피할 수 없어 즐겨보려는 또 한 번의 새해에는 30km의 바쁜 날들을 살아가는 와중에 짬짬이 우물 밖을 바라보고 경험하고 이해할 줄 아는 서른이고 싶다. 내 인생을, 내 순간을, 나라는 사람을 자발적으로든 우연히는 억지로든 마주하게 될 모든 이들을 딱 한 번씩 더 챙기고 배려할 줄 아는 사람. 그래서 딱 한 방울의 감동과 행복을 더 선물할 수 있을 정도의 괜찮은 사람으로 살아가고 싶다.

커짐을 당함

#1

나는 아직도 비눗방울이 재미있다.

얼마 전에는 인라인스케이트를 살 뻔했다. 8살쯤 신던 바로 그것. 분홍색. 바퀴에 불빛 나오는 것으로. 자전거를 타는 것도, 풀밭을 달리는 것도, 바다든 풀장이든 모든 종류의 물에 담겨 물장구를 치는 것도. 어릴 적 좋아하던 동요는 아직도 가사 하나 틀리지 않고 부를 수 있다. 아마 죽을 때까지 기억하겠지. 심지어 여전히 부를 때마다 꽤 즐겁다.

비 온 뒤 생겨난 물웅덩이를 보면 한 번 찰박 밟고 싶다. 어릴 땐 오빠랑 빗물 웅덩이를 찾아다니면서 밟곤 했다. 물웅덩이를 밟는 것만으로도 몇 시간을 놀 수 있었다. 이제는 부모님의 돈이 아닌 내 돈으로 산 신발을 신고 있어 꾹 참아보지만.

#2

우리는 어른으로 큰 것이 아니라 어른으로의 커짐을 당한 것임을 결코 잊어서는 안 된다.

내가 자발적으로 어른이 되기로 정했다기보다 (1)정신 차리고 보니 이 세상에 태어나있고 (2)태어난 김에 아등바등 살아 나가다 보니 (3)어느새 내가 어른의 나이라고들 해서 (4)그렇게 어른이라는 틀을 쓰고 살게 되었다는 맥락이 더 맞다고 생각한다.

#3

'커짐을 당함'

나는 내가 큰 것이 아니라, 커짐을 당한 것임을 절대 잊지 않고 싶다. 수많은 책임의 요소들과 감정의 표출을 빈번히 꾹 눌러야 하는 상황들과 돈과 관계와 사회적 무언가가 나에게 끊임없이 '어덜트(가스)라이팅'을 해도.
나는 평생 어른의 탈을 쓴 가엽고 기특한 아기.

그러므로 나는 어른으로 살지 않고자 부단히 노력한다. 좋아하는 것을 탐구하고 쫓거나, 최선을 다해 하루하루의 재미를 추구한다는 뜻이다. 아이처럼.

나의 어린 시절을 회상할 때면 대부분이 뿌연 가운데, 매일매일 참 최선을 다해 놀았던 기억만큼은 잊지 못할 꿈처럼 막연히 또렷하다. 노는 것에 최선을 다했던 시절이 있음이 묘하게 낯설고 아름답다. 별달리 책임져야 하는 것이 없어 하고 싶은 것에 에너지를 오롯이 쏟아부을 수 있었던 그 시절이 경이롭다. 그러니 그 시절에는 뭘 먹어도 입맛이 돌고, 베개만 베면 그리 빨리 잠에 들 수 있었나 싶기도 하다.

그러니까 나는
되는대로 오래도록
응애.

생일, 서른

저의 생일은 새해와 봄 사이에 있습니다. 엄밀히 말하면 새로운 해에 익숙해질 때쯤 그리고 봄의 시작과 조금 더 가까이 자리하고 있지요. 저라는 사람의 취향에 퍽 잘 맞는 제 생일입니다. 저의 탄생은 제 인생에 꽤나 다정하네요.

"진아의 생일은 봄을 부르네."

생일만 다가오면 아이처럼 좋아하던 제게도 수년 전 생일 달은 지독히 우울했습니다. 그때 저에게 한 줄기 힘이 되어준 누군가의 말이에요. 금세 잊힐 줄 알았던 그 한 줄기 위로가, 몇 년이 지나 통나무 줄기처럼 커다랗고 단단하게 자라날 줄 그날의 진아는 알지 못했겠지요.

여러모로 의미가 많은 올해의 생일입니다. 의미가 많다

는 건 때로는 설명이 어렵다는 말과도 같아요. 기쁘고도 슬프고 설레다가도 막막하고 다정하다가도 매정하고 그렇습니다. 그럴수록 나에게 내가 가장 큰 보호자이자 버팀목이, 생일 선물이 되어주어야겠다는 마음을 곱씹습니다. 나에게 내미는 나의 말은 그저 흰 쌀밥 같아서, 지겹고 맹맹하다가도 곱씹을수록 포근하고 달큼합니다. 저는 여전히, 결론적으로 저를 사랑하나 봅니다. 참 다행인 삶입니다.

매년 좀 더 사람답게 삶을 살 수 있길 바랍니다. 욕심 많은 세상 속에서 하필이면 욕심 많은 천성을 가지고 살아가는 김진아지만, 그렇기에 세상에 좋은 마음과 좋은 영향을 미약하게나마 끊임없이 미치며 바르게 살아가고자 노력하고 있어요. 그 노력이 쌓이고 쌓여 이제는 그 다짐이 곧 제 행복과 맥락을 함께 하게 되었던 지난 무의식의 어느 날. 저는 아주 많이 행복했고, 스스로를 정말 많이 사랑할 수 있었습니다. 한 톨의 부끄럼도 없이 나의 삶을 사랑할 수 있게 된 사랑스러운 제 삶의 발걸음을 계속 이어 나갈 수 있는 사람으로 나이 들고 싶어요.

그래도 이번 생일은 조금은 이기적으로 초를 불고 싶습니다. 저의 올 한 해는 아주 많이 반짝이고 근사했으면 좋겠어요. 매년 나조차 새로운 내 나이가 처음이라 얼레벌레 노력하며 살아가고 있기에, 이번 생일 역시, 그리고 유독, 의미가 많고 설명이 어렵지만, 조금 더 나이 들어 이 생일을 되돌아보았을 때 "너의 그 시간은 참 근사했고, 그 시간이 모여 지금의 근사한 진아가 있다"라며 제 자신을 또 한 번 사랑할 수 있었으면 좋겠습니다.

생일을 철없게 좋아하는 제 버거운 성격에 맞추어 올해도 변함없이 축하의 마음을 건네준 나의 사람들에게 감사하며.
생일. 서른.

날씨의 기분

"요즘 날씨 조울증이 너무 심해."
라는 말은 내가 주로 4월과 5월, 10월과 11월, 그리고 3월, 9월, 12월에 즐겨 사용하는 표현이다. 퍽 자주 쓴다는 말이지. 퍽 자주 쓰기도 하고 꽤 좋아하는 표현이기도 하다.

지난 주말에는 조금만 걸어도 정수리가 뜨끈해지더니 그저께는 갑자기 비가 쏟아졌고, 축축해진 날씨가 나로 하여금 카디건을 두르게 하더니 이제는 또다시 반팔이다. 올해는 유독 날씨가 변덕스럽다. 15분 간격으로 비가 쏟아지다 하늘이 맑다를 반복하는 날들이 이어진다. 이쯤 되니 기상청의 날씨 예보도 별 소용이 없다. 예측에 의지할 필요가 없어지니 오히려 마음이 가볍다. 생각해 보니 나는 종이 인형이 아닌 건강한 성인 여성이다. 비를 조금 맞아도 땀에 흠뻑 젖어도 별문제 없는 건강한 성인 여성. 세상 불안의 대부분은 따지고 보면 불안할 필요가 없는 것들이다.

적은 숫자의 나이가 때때로 부러워질 때, 대부분 그 이유는 '단순함'에 있었다. 나라는 사람을 구성하고 있는 조각이 너무 많이 입체적이지 않아서. 너무 많이 입체적일 필요 또한 없어서. 내가 어떤 사람인지 스스로 설명하기가 어렵지 않아서. 나의 어떤 모습과 또 다른 나의 모습이 서로 모순적일 필요가 없어서.

평일과 주말의 나. 일할 때와 놀 때의 나. 가족, 친구, 연인 그리고 한 겹 한 겹 저마다 다른 거리의 관계들 앞에서 나. 내가 좋아하는 나. 내가 미워하는 나. 내가 되고 싶은 모습을 추구하는 나. 조각이 많으니, 감정도 많아지고, 감정이 많아지니 기분이 널을 뛴다. 기분이 널을 뛰면 정신이 없고 내가 나 때문에 정신이 없으니 나 자신이 원망스럽다.

칠전팔기라고, 성공하는 사람은 일곱 번 넘어져도 여덟 번 일어난다는데 태생이 울보인 나는 하루에 일곱 번 웃다가도 별안간 여덟 번째 눈물이 난다. 하루 종일 입꼬리가 찢어져라 웃고 돌아왔는데 현관문을 여는 순간 마음에 먹구름이 꾸물대기 시작하던 어느 날, "이제 곧 마음속에 빗방울이 떨어지겠구나" 생각하는데 때마침 베란다 밖 하늘빛도 순식간에 어두워지고 있었다. 샤워를 마치고 나오니 굵은 빗방울이 창문에 덕지덕지 달라붙는다. 맑은 하늘을 머리에 얹고 집으로 돌아와서 다행이다. 집 안에서 맞이하는 폭우는 전혀 무섭지가 않거든. 따뜻한 카모마일 차 한 컵을 두 손에 안고 베란다 문틀에 몸을 기댄다. 손바닥으로 옮겨오는 머그컵의 온기와 눈앞에서 시원하게 쏟아지는 빗줄기가 제법 조화롭다.

그래, 날씨도 이런데, 나야 뭐.

아주 먼 옛날에는 신의 영역이었던 날씨, 지금도 빈번히 예측해 내지 못하는 저 날씨, "맑아라!" 하면 비가 오고 "얇게 입어야지" 하면 서늘해지는 저 날씨 말이다. 81억 우리들의 머리 위에 있는 저 까마득히 높고 커다란 하늘도 웃다 울고 다정하다 외로워하고 있는데 말이야.

81억을 잘게 나누어 그 1보다 작은 비중인 내가 좀 울다 웃으면 어때. 저 먼 하늘 별빛이 내가 서 있는 곳까지 오는 데에도 몇 광년을 달려야 한다는데 고작 몇십 년 살아온 내가 '어른'이라고 이 악물고 눈물을 참아낼 필요가 뭐 있어. 온 세상이 아직 날씨도 잘 못 맞추는데, 내가 내 마음이 왜 이런지 모르겠으면 뭐 어떤데. 나는 그냥 작고 소중한 어떤 사람인데. 나 그냥 이번 생도 처음이고 어른도 처음이고 내 나이도 매년 처음이라 얼레벌레 열심히 노력하는, 존재 자체로 꽤나 기특한 한 사람인데.

수없이 널뛰는 내 기분은 여전히 설명이 어렵다. 설명을 못 하는 건지 설명을 안 하는 것인지도 모르겠다. 설명할 수 있는 기분을 애써 외면하고 있는 것일지도 모르지. 설명은 어려워도 핑계는 댈 수 있다. 그리고 그 핑계, 꽤 멋지다고.

"나 그냥 날씨의 기분을 가지고 살아갈 뿐이야."

그냥 호크니 할아버지 오래 사셨으면 해서

감당할 수 없을 정도로 깊이 사랑하게 되면 되레 그 이유를 말하기가 어려워지는 것 같다. 말할 것이 너무 많아서, 그리고 언어로는 다 표현할 수 없을 정도로 사랑이 진해져서. 내게는 데이비드 호크니가 그렇다.

나는 이상하게도 죽음에 둔감하다. 죽음은 자연스러운 것이니까. 그렇기에 나라는 사람은 죽음으로 인한 이별을 곧잘 받아들일 수 있겠구나 싶었다. 스스로도 이상하기는 했지만.
가만 생각하니 호크니가 벌써 아흔이다. 나이만큼 쌓여 있는 그의 거작 중에는 내가 가장 좋아하는 종류의 것들도 꽤 많다.

호크니가 그린 '물' 그림들을 유난히 좋아한다. 호크니는 풀장의 물을 참 많이 그렸다. 밤, 낮, 햇빛의 방향, 그리고 물장구에 따라 수영장의 새파란 물은 이리저리 바뀌었다. 호크니의 물은 바다보다는 풀장이었다. 그러므로 내가 바닷물보다 수영장의 물을 더 좋아하게 된 건 호크니의 힘이 크다. 나는 우울할 때 호크니의 물 그림 속으로 빠져드는 기분으로 수영장을 찾는다. 새파란 수영장 물에 얼굴까지 담그고 세상과 단절되는 기분으로 그림을 떠올린다. '예술에는 비극이 필수야. 나의 삶은 예술이다. 나의 삶은 예술이야.' 도무지 설명되지 않는 우울감을 일단 설명해 볼 수 있는 아무 말을 되뇐다.

어느 순간부터 풀장을 보면 파블로프의 개처럼 호크니를 떠올리는 나를 발견했다. 아, 이래서 죽음이 그리도 무서운 것이구나 깨닫는다. 그가 세상을 떠나고 나면 수영장의 물을 볼 때마다 그가 떠오른다는 것이 많이 슬플 것 같았다. 나와 같은 세상에서 함께 숨 쉬며 계속 탄생하는 그의 새 작품들을 더 이상 볼 수 없기 때문일까 생각하다가 새 작품 따위 내지 않아도 좋으니 그냥 오래 건강하기만 하면 좋겠다고 생각했다. 일면식도 없는 사이지만, 충분한 애정이 있다면, 같은 하늘 아래에서 숨 쉬고 있다는 그 자체가 꽤 중요한 사실이자 위안으로 다가오는 것 같았다. 그렇다면 나는 오로지 나를 위해 그의 죽음을 슬퍼하는가. 나라는 인간은 이토록 이기적이다.

어쨌거나 데이비드 호크니는 내가 가진 죽음의 무게를 바꾸어 놓았다. 한때는 "죽고 싶어"라는 말을 참 많이 했다. 너에게 있어, 너의 참 많은 것들을 네가 나를 떠올리게 하는 매개체로 만들어두고, 그런 말을 하는 나는 얼마나 못난 사람인가.

어쨌거나 행운이야

#1

“<해리포터와 비밀의 방> 레고를 받고 싶어요. 산타 할아버지!”

영화가 개봉했던 12월 한 달 동안 매일 밤 베란다에서 하늘을 바라보며 오빠와 나는 간절히 기도했다. 부모님의 기가 막힌 산타 연기 덕분에 우리는 꽤 오랫동안 산타의 존재를 철석같이 믿고 살았다. 이사를 했던 해의 크리스마스에는 '할아버지에게 이사한 주소를 말해주지 않아 하마터면 선물을 주지 못 할 뻔했단다. 그래도 바로 옆 동네로 이사해서 이 할아버지가 금방 우리 진아를 찾아냈구나, 허허허'라는 꽤나 구체적이고 실감 나는 편지를 받고 선물을 받지 못할 뻔했다는 공포와 그래도 산타 할아버지가 나를 찾아주셨다는 감동에 온 얼굴을 눈물범벅으로 만들기도 했다.

대망의 크리스마스 날 아침, 오빠가 조용히 나를 깨웠다. 진아야, 일어나. 잠결에 들려오던 잔잔한 목소리에 시무룩한 마음이 덕지덕지 묻어있다는 사실을 깨달았다. 단숨에 잠이 달아났다. 정신이 바짝 들었다. 잠깐만. 설마!

0.1초 만에 눈을 떴다. 눈이 마주친 오빠는 주억주억 고개를 끄덕였다. 조금만 더 빨리 끄덕이면 눈물이 또르르 떨어질 것 같았다. 오빠는 겨우 눈물을 참아내고 있었다. 오빠가 울면 나도 울고, 오빠가 울지 않아도 나는 우니까. 오빠는 오빠 노릇을 하려고 노력하고 있었다. 참 든든한 존재였다. 지도 꼬마면서.

오빠와 나는 속으로만 오열하며 아주 고요히 거실로 나왔다. 아직 안방 문은 닫혀 있었다. 머릿속이 복잡했다. 슬퍼 죽겠는데, 우리가 이렇게 슬프면 달래줄 사람은 부모님뿐인데, 부모님께 털어놓자니 지난 한 해를 '나쁜 어린이'로 살았다는 것이 증명되는 것 같아 부끄러웠다. 조금 억울하기도 했는데 생각해 보니 오빠랑 싸우기도 했고 엄마 말을 안 듣기도 했고 친구 수저통을 부숴 먹기도 했고 도라지청을 입에 물고 화장실로 도망가 몰래 뱉은 적도 있었으니까. 산타 할아버지에게 외면받았다는 사실도 충격적이었다. 예쁨 받고 싶은 상대에게 예쁨을 받지 못하는 경험이 낯선 나이였다. 지금은 아주 익숙하지만. 어쨌거나 크나큰 슬픔을 밖으로 터뜨릴 수 없다면 이 슬픔은 어떻게 없앨 수 있지? 몇 해 되지 않은 어린이 인생 최고의 심리적 고비였다.

오빠의 표정을 보니 그냥 거울을 보는 것 같았다. 다리에 힘이 쭉 풀렸다. 까불이들의 부상 방지를 위해 늘 깔려 있던 거실 카펫 위로 털퍼덕 주저앉았다.
어? 잠깐만. 설마!

궁뎅이가 욱신거렸다. 카펫 아래가 평평하지 않았다. 적당히 단단하고 적당히 커다란 모서리가 느껴졌다. 이건 종이 상자다. 매끈하게 코팅된 도톰한 종이 상자. 그렇다면 이것은. 레고였다! 그것도 해리포터와 비밀의 방 레고!

더 이상 울음을 참을 수 없었다. 자그마한 마음에 한가득 기쁨이 차 넘쳐흐르는 기분이었다. 받고 싶던 딱 그 선물을 받은 것도, 내가 착한 어린이라는 사실도, 오빠의 표정이 밝아진 것도, 엄마 아빠에게 더 이상 부끄럽지 않은 것도, 산타 할아버지가 여전히 나를 예뻐하고 있다는 그 모든 것이 기뻤다. 오빠와 나는 소리 내 꺼이꺼이 울어버렸고 울음소리에 놀라 뛰쳐나온 부모님의 얼굴엔 보다 어른스러운 미소가 담겨 있었다. 부모님은 다가와 우리를 꼭 안아주었다. "산타 할아버지가 내년에는 더 착한 어린이가 되라고 숨겨놓으셨다 보다" 양육의 멘트를 끼워 넣는 기가 막힌 타이밍도 어른스러웠다.

하루아침에 너무 많은 감정을 겪어 머릿속이 새하얬다. 새하얘진 머릿속을 미처 거치지도 못하고 내 입에서 저절로 말이 튀어나왔다.

"어쨌거나 오늘 되게 행운이야!"

#2

크리스마스 당일에 딱히 일정이 없던 나는 크리스마스 당일에 딱히 일정이 없는 동네 친구와 카페에서 시간을 죽이고 있었다. 유치하던 시절부터 만나 여전히 유치한 우리는 손 편지를 주고받고 크리스마스 모양의 디저트를 나눠 먹었다. 재네 딱히 할 일 없다는 소식을 들은, 똑같이 별다른 할 일이 없는 친구 둘이 합류했다. 어쩌다 보니 넷이 밤새 와인을 마셨다. 와인잔에 크리스마스 인사를 끄적이고, 냅킨에 새해 다짐을 적었다. 몽롱한 기분으로 한숨 푹 자고 나니 어제가 참 재미있었다.

올해 크리스마스는 유독 '행운'이라는 단어와 어울린다는 생각이 들었다. 일 년 내내 쉬지 않고 힘들었는데 크리스마스를 테마로 한 새로운 기억들이 힘들었던 기억들을 남김없이 녹여준 것 같았다.

크리스마스를 코 앞에 두고 놀러 갔던 인생 첫 파리 디즈니랜드는 때마침 30주년이었다. 내가 가장 사랑하는 분홍과 하늘색으로 가득한 불꽃을 보며 아무런 근심 없이 터져 나오는 사람들의 탄성들이 황홀했다. 일 년 내내 울음을 삼키느라 잠겨버린 목으로 힘껏 탄성을 내질러 보았다. 초라한 나의 탄성이 함께 있는 많은 사람들의 탄성에 묻혀 그럭저럭 괜찮게 들려왔다. 거 봐. 슬픔은 밖으로 터뜨려야 해. 슬픔을 담고 살면 해결할 길이 없단다.
때마침 그해의 첫눈까지 그곳에서 맞이했다. 눈을 강아지만큼이나 사랑하는 나에게 선사된 '디즈니랜드에서 맞이하는 첫눈'이라니. 무교 유신론자인 나를 행복하게 만들어주려고 어딘가 아득히 존재하는 신이 작정이라도 한 것 같았다.

한 달 내내 온 세상이 반짝이는 마음으로 준비하던 크리스마스가 결국 지나고 침대에 가만히 누워 되짚어보니 실로 '마침'들이 모여 '행운'이었던 나의 크리스마스였다. 조금 더 가만히 누워있다 보니 사실 '내가 디즈니랜드에 있지 않았어도, 내가 그곳에서 첫눈을 보지 않았어도 결국 나름의 행운 속에서 나름의 행복을 느껴내고야 말았을 것'이라는 생각이 들었다.

어쨌거나 나는 크리스마스를 사랑하고, 아주 많이 좋아하는 어떤 날의 나 자신이 아주 많이 행복했으면 좋겠으니까. 파리 디즈니랜드가 30주년이 아니었어도, 때마침 그곳에 첫눈이 내리지 않았어도, 아니 애초에 파리 여행 계획이 없었어도 나는 흘러가는 나의 하루들 속 우연한 무언가를 보며 "행운인 것 같아"라고 외쳤을 것이다. 힘든 한 해를 보냈을수록 우연한 행운을 되레 더 많이 찾아냈겠지.

담겨 있는 그 어떤 일상에서도 기어코 행운을 찾아내는 내게는 '스스로가 행복하길 바라고 노력하는 힘'이 있는 것 같았다. 그러니 나는 나 자신에게 결국 좋은 사람이다. 다행이기도 하고 기특하기도 하다.

늘 올해의 크리스마스처럼만 살아가면 좋겠다. 나에게 있지 않은 것으로 불행을 만들지 말고, 나에게 있는 크고 작은 것들로 크고 작은 행복을 느끼면서 살아가길.

크리스마스를 맞아 이런 생각을 할 수 있다니. 어쨌거나 이것도 참 행운이다.

그럼, 모두 올해도 내년에도 언제나 '어쨌거나 행운이 따르는' 메리 크리스마스.

연례행사 여름휴가

연말 토크콘서트 방문객들의 기념품을 협찬받는 미팅 자리였다. 안 그래도 얇은 내 지갑을 더 얇게 만들어버리는 브랜드의 키링이었다. 비즈니스 마인드 반, 팬심 반으로 마주한 브랜드 대표님은 알고 보니 대학 동문이었다. 학번 차이가 크지 않은 동문을 만나면 어김없이 "○○학과 ○○○아세요?"의 대화가 이어진다. 다섯 명쯤 주고받았을 때 드디어 서로에게 모두 가까운 동문이 등장했다.

내게는 '가까운'보다 '가까웠던'이 맞았다. "예전에는 되게 자주 봤는데 요즘 서로 바빠 거의 못 보네요"라는 말에 상대는 "원래 한 사람을 둘러싼 가까운 관계는 3년에서 5년을 주기로 바뀌는 법이지요"라고 무소유를 통달한 중처럼 말했다.

그 말이 꽤 오랫동안 머릿속을 맴돌았다. 머릿속에 맴도는 것인지 마음속을 들쑤시는 것인지 헷갈렸다. 내 곁에 오래도록 머물러줄 것 같았지만 결국 스쳐 지나갔던 수많은 관계가 우르르 떠올랐다. 현재로 가져다 두고 싶은 관계도, 과거의 일로만 간직하고 싶은 관계도 있었다. 가져오고 싶으면 가져오고 싶은 대로 아쉬웠고, 과거에 두고 싶으면 그 나름대로 허무했다. 아쉽고 허무하다가도 그게 또 어쩔 수 없는 세상의 이치라는 것이 기분을 더 이상하게 만들었다. 나는 나를 탓했는데, 아니면 너를 탓했는데 이 모든 게 원래 그런 것이라니. '원래 그런 것'이라는 말이 때로는 설명할 수 없는 마음의 피난처가 되어주다가도 어느 날은 나를 한 번 더 나약한 사람으로 만든다. 나는 그냥 누구라도 탓하고 싶었단 말이다.

U에게 털어놓았다. 요즘 이 생각에서 도통 벗어날 수가 없다고. 따끈한 어묵을 우물대던 U는, 일단 적고 있던 신청곡을 마저 적어 사장님께 제출한 다음, "일단 그냥 여름휴가나 다녀오자"라고 대답했다. 동문서답이었고 우문현답이었다.

어쩌다 보니 세 번째 함께하는 여름휴가였다. 말이 '세 번'이지 따지고 보면 꼬박 3년 동안 여름휴가를 함께 챙겼다는 뜻이다. 마침, 딱히 함께 가고 싶은 사람이 없어서, 마침 둘 다 쉬고 싶어서, 올해는 어묵을 먹다가 갑자기. 어떠한 이유로든 함께 하다 보니 본의 아니게 연례행사가 되어버렸다며 고등어 봉초밥에 하이볼을 건배했다.

매년 여름휴가는 오래도록 함께 하자고 약속했다. 계약서도 서명도 없고 새끼손가락을 걸고 엄지 도장을 찍지도 않았지만, 가벼운 한마디가 오히려 단단했다. 찍거나 쓰거나 걸지 않아도 이루어질 것이라는 믿음이랄까.

그렇게 내 인생에 연례행사가 생겼다. 어린이날부터 어버이날, 스승의 날, 식목일, 김장하는 날, 졸업식, 입학식, 두 번의 방학까지. 매년 똑같이 반복되는 연례행사로 매일 반복되는 일상이 시도 때도 없이 특별해졌던 어린 시절과 달리, 이제는 거의 유일하게 남아있는 생일 하루라도 구태여 시간과 체력을 마련하여 기념하지 않으면 너무도 여느 날처럼 흘러가 버린다.

그 안에 새로 생겨난 연례행사 여름휴가가 아주 마음에 들었다. 속절없이 흘러가고 있는 시간 그 중간중간에 다양한 추억을 눌러 담은 체크포인트를 계속 찍어낼 수 있겠다는 사실이 좋았다. “언제 이렇게 시간이 흘러버렸지”하는 와중에 “그래도 매년 여름 이것도 하고 저기도 다녀왔다”라는 무지개색 기억이 남아주니까 나는 조금 더 흘러가지 않고 살아가는 기분을 느낄 수 있겠지.

변함없을 일행도 마음에 들었다. 분명 재미있는 일이 정말 많았는데 그 일들을 함께 경험한 일행들이 더 이상 가까이 남아있지 않다는 사실이 문득 진하게 느껴질 때 말로 설명할 수 없는 외로움에 몸부림치기도 했다. 학교가, 직장이, 동네가, 사는 삶의 형태가 달라지는 건 어쩔 수 없는 일이고, 멀어진 거리만큼 새로운 관계가 다시 나의 곁에 머물러주지만, 아쉬움과 충만함은 다른 차원의 일이라서 충만을 느낀다고 아쉬움까지 채울 수 있는 것은 아니었다.

너와 내가 만들어낸 추억을 나의 추억으로만 부단히 곱씹어야 하는 것이 때로 참 싫었다. 말로 설명할 수 없는 그때들의 희로애락을 계속 공유하고 싶었다. 함께 만든 영화를 오래도록 함께 리뷰하고 싶었다. U와 나의 추억은 오래도록 U와 내가 상기할 수 있겠지. 달라지는 취향과 그 당시의 고민들과 그 안에서 변하지 않는 서로의 지점들을 직렬과 병렬의 형태로 늘어놓으며 이야기할 수 있겠지. 고작 일 년에 한 번, 연례행사 여름휴가를 챙기는 것만으로도,

우리는 먹어가는 나이가 아니라 쌓아가는 추억을 살아갈 수 있겠지.

좋아하는 것들

어린 기억 속 엄마는 늘 영화 곁에 있었다. 오래된 명화 같은 것들은 꼭 우리와 함께 보길 원하셨다. 나에게는 신이자 영웅 같던 엄마가 솜사탕을 원하는 아이의 눈을 한 채 "같이 보자"라고 권유할 때면 나와 오빠는 이끌리듯 엄마의 양옆에 가 앉았다. 소파 앞에 나란히 줄지어 앉아 커다랗고 폭닥한 이불을 나눠 덮고 까만 어둠 속 알록달록한 불빛에 몰두했던 우리의 시간이 아직도 머릿속에서 반짝인다. 나는 항상 중간에 잠이 들었다. 다음 날 아침에 눈을 뜨면 나만 빼고 결말까지 다 알고 있는 엄마와 오빠가 얄미웠다. 다음 주말에는 꼭 결말까지 잠들지 않겠다 두 주먹 불끈 쥐고 다짐했다. 졸음이 몰려오는 것을 막아보려 엄마가 마시던 커피까지 마셔보았지만, 어김없이 잠에게 졌다. 그렇게 나는 시작만 알고 끝은 모르는 영화가 수십 편이다.

엄마와 오빠의 무릎을 베고 잠이 들던 막내, 자기가 잠들고 다음 날 자기가 삐지는 K-막내의 역할에 충실했던 내게도 눈 똥그랗게 뜨고 끝까지 보았던 영화가 하나 있다. 그 영화를 처음 보았을 때 "아름답다!"라는 탄성이 군데군데 튀어나왔다. 조각조각 각기 다른 형태와 감정과 맥락을 가진 아름다움이 한가득 들어있어 소화가 되지 않는 기분까지 들었다. 그렇게 그 영화를 수십 번을 다시 보며 어른이 되었다. 이제는 소화할 수 있을까. 그것도 아닌 것 같다.

영화 <Sound of Music>은 내가 태어나기도 30년 전에 세상에 나온 영화. 그럼에도 불구하고 영화의 모든 요소가 여전히 아름답다. 시간이 지날수록 황홀감만 더해진다. 수십 번은 더 들여다본 포스터는 아직도 촌스러움을 느낄 기회를 주지 않고 있다. '보다 나중'이라고 해서 무조건 낫기만 한 것도 아닌가 봐. 오래도록 촌스럽지 않을 삶을 만들어가고 싶다.

Sound of Music에는 'my favorite things'라는 노래가 나온다. 오래도록 많은 사람에게 사랑받고 있는 노래이기 때문에 다른 가수의 목소리로 들어본 이들도 많을 것이다. 영화 속에서는 몰아치는 폭풍우가 무서워 잠에 들지 못하는 아이들을 품에 안고 주인공 마리아가 불렀던 노래였다. 멜로디가 봄날의 이슬 같았다. 통통거리면서도 포근한 느낌이 마치 솜털이 바실대는 샛초록의 나뭇잎 위에 맺혀있는 이슬이 부르는 노래 같았다.

멜로디가 좋았고 가사는 더 좋았다. 아기 고양이 수염부터 끈으로 묶인 갈색 종이 꾸러미, 썰매 방울, 크림색의 조랑말과 사과 과자까지 나열되는데 노래 속 '내'가 가장 좋아하는 것들이다. 개에게 물리고 벌에 쏘이고 슬퍼질 때 '내'가 좋아하는 것들을 기억해 내면 기분이 좋아진다고 말하며 노래는 마침표를 찍는다.

참 사랑스러운 장면이었다. 폭풍우가 무서워 달려온 아이들이 마리아의 노래를 들으며 금세 베실베실 웃는 모습은 똑같이 꼬마였던 내가 보아도 아주 귀여웠다. 그도 그럴 것이, 똑같은 꼬마였지만 나는 폭풍우 따위에 겁내지는 않았거든. 용기의 차이인지 1960년대 단독 주택과 2000년대 아파트 방음이 차이었는지는 모르겠지만.

마냥 귀엽던 장면을 생각보다 너무 오래 곱씹으며 살아가는 중이다. 고작 폭풍우에 무서워할 수 있고, 무서워서 달려가면 이슬 같은 노래를 불러주는 보호자가 있는 장면에 철없는 부러움도 왕왕 느끼는 중. 폭풍우가 매번 다른 형태로 예상치 못한 순간에 내 인생에 쏟아진다. 회사에서, 집에서, 너에게서, 나로부터. 폭풍우는 맞을 때마다 뼈가 시리다가 이내 뼈보다 마음이 시리다. 그래도 마리아가 알려줬잖아. 내가 좋아하는 것들을 기억해 내면 기분이 좋아질 거라고. 그 노래가 60년 가까이 사랑받는 데에는 다 이유가 있지 않겠어?

'오구오구 부적'이라고 부르고 있다. my favorite things와 같은 의미이고, 내 기분을 내 자신이 오구오구 풀어줄 수 있어서 붙인 애칭이다.

우리 집 두 고양이에게서 나는 아기 분유 냄새, 달지 않은 화이트 와인, Matt Maltese, Tom misch, Lauv.

종이책, 종이책을 읽는 시간, 그 안에서 마주친 좋은 문장, 그 문장에 쓱 그어내는 밑줄.

취향에 맞는 웹툰, 아무렇지 않은 날씨, 자전거 타기, 어떤 종류의 물이든 일단 물에 담겨 있기.

드라이브, 8090 음악, 남들 보여주기는 부끄럽지만 나는 일단 되게 신나는 내 춤.

작은 여유를 챙겨 떠나는 여행, 여행지에서 찰나를 살아 보는 것.

그리고 이렇게 내가 좋아하는 것들을 기억해 내고 적어 내리기.

일에 쏘이고 관계가 나를 물어 한없이 슬퍼질 때, 부적을 쓰는 기분으로 내가 가장 좋아하는 것들을 적다 보면 늘 생각보다 많은 목록에 결국 웃음이 터지곤 한다. 오래 힘들지 말자. 내 기분을 좋게 만들어 주는 게 세상에는 이렇게나 많은걸!

내가 좋아하는 것들을 찬찬히 적는 것만으로도 큰 위로가 되어서 내 방 서랍장엔 이 메모들을 차곡차곡 모아둔 상자가 하나 있다. 행운의 상자까지는 아니더라도 행복의 상자 정도는 되는 셈. 참, 이 상자도 저 위에 끼워 넣어야겠다. 내가 진짜 좋아하는 것이거든.

한 번씩 떠오르면 상자를 열어 럭키드로우를 하는 마음으로 메모 한 장을 집어 든다. 너무 많이 해서 메모지 몇 개는 또렷이 기억 나는 바람에 눈을 감고 뽑아보다가 이제는 손의 감각도 너무 익숙해서 눈을 꼭 감고 엄지와 검지 두 개로만 살짝 집어 든다.

그 메모를 적었던 그 나이의 내가 담겨 있다. 무엇 때문에 힘들었고 무엇 때문에 기분 전환이 필요했을 테지만, 결국 내가 나를 챙겨주는 마음으로 차곡차곡 써 내려간 '그 나이의 오구오구 부적'.

때에 따라 '좋아하는 것들'이 바뀌는 것도 귀엽고, 그땐 참 좋아했던 것을 이제 그다지 좋아하지 않게 된 것도 재미있고, 오랜만에 떠오른 추억이 반갑고, 새롭게 좋아진 것들을 환영한다.

상처의 경험은 오래도록 욱신거리면서 좋아하는 것들을 실컷 좋아하며 살았던 기억은 왕왕 까맣게 있는 바보가 나다. 그래도 이 바보가 좋아하는 것들을 챙겨 적고, 모아둔 것들을 챙겨보며 살아간다. 그러니까 이 바보가 자기 마음 하나는 도닥도닥 챙기면서 살아가려고 힘을 쓴다. 폭풍우도 무서워하지 않고, 좋아하는 것들을 잘 적어 내릴 수 있는 바보. 참 기특한 바보다.

충분히 숙고된 삶

"이런 게 행복이지."

오랫동안 모아둔 작고 소중한 적금을 털어 날아온 런던의 오래된 호텔 라운지에 앉아 U가 말했다. 함께 뮤지컬 위키드를 보고 그 앞 바에서 와인 한 보틀까지 야무지게 비우고 나온 뒤였다. 음식 맛없기로 유명한 영국인데 웬일로 안주 하나하나 모두 맛이 있었다. 조명도 훌륭했고 덕분에 사진도 잘 나왔다.

"그럼, 우리 여행 마치고 한국 가면 다시 불행해지는 건가"라고 답하고 여행 기분 망치지 말라며 된통 혼이 났다. 한참 핀잔을 늘어놓던 U는 잠시 멈칫하더니 "하긴 아무래도 틀린 말은 아니지. 회사에… 가야 하니까…"라며 미쳐버리겠다는 표정을 지어 보였다. 우는 시늉을 하는 U를 보자 웃음이 터져 나왔다. 너무 웃어서 눈물이 찔끔 나왔고 다시 회사에 복귀할 생각을 하니 진짜 눈물이 나오는 것 같았다. 일단 여행을 즐기기로 그리고 돌아가서도 꼭 우리 행복하기로 약속하며 호텔 방으로 돌아왔다.

일상으로 돌아가서도 우리 꼭 행복하자.

"어떤 게 행복일까? 매일의 일상에서는 말야."
화장기 싹 씻어낸 맑은 얼굴로 침대에 누워 U가 말했다. 그러게. 언제나 삶의 궁극적 지향점을 행복으로 삼고 있지만 익숙하게 반복되는 일상에서 지향점을 이루어가며 살아간다는 게 결코 쉬운 일은 아닐 텐데.

모든 개념은 유연하게 해석할수록 적용이 쉬워진다. 적용을 쉽게 하면 이루기도 쉽다. 나에 대한, 생명에 대한, 어떠한 가치관에 대한, 관계에 대한. 거의 무한한 의미로 적용할 수 있는 넓은 의미의 사랑은 그래서 영원보다야 백 배는 이루기가 쉽다. '영원'을 봐. 어떤 상태가 끝없이 이어지거나 시간을 초월하여 변하지 아니한다는 뜻이래. 그래서 진실로 영원한 건 결국 '영원'이라는 단어 안에서만 이룰 수 있을 뿐이야.

매일 밤 마음 편히 잠에 들기. 매일은 어려워도 되도록 매일 밤 마음 편히 잠에 들 수 있도록 하기. 자야겠다. 마음먹고 눈을 감으면 되도록 빨리 잠에 들 수 있길.

하루를 마치고 잠자리에 누웠을 때 걱정 없이 잠에 빠지는 것을 일상의 행복이라 정의해보기로 했다. 구체적인 행동 양식으로 행복을 비유하니 저 먼 이상향 같던 행복이 코 앞으로 다가온 것 같았다. 코 앞에 두고 사니 손안에 꼭 쥘 수도 있을 것 같았다.

열두 밤의 영국을 뒤로한 채 내 몸도 구겨 넣을 수 있을 정도로 커다란 캐리어를 끌고 집으로 돌아왔다. 딱 열두 밤 짜리 피로가 쌓여 짐도 풀지 못하고 잠에 들었다. 다음 날 일어나니 어젯밤에는 정말 걱정할 겨를도 없이 자버렸다는 사실을 깨달았다. 열두 밤의 여행이 모여 하룻밤의 깊은 행복을 주었다. '되게 좋은 기념품을 가져왔네'라고 생각하니 정말 행복해지는 기분이 들었다.

더 잘 잠들기 위해 노력하는 날들이 이어졌다. 수면 영양제도 먹어보고 안대도 껴보고 잠이 잘 오는 음악도 들어보고 너무 고전적인 방법이지만 양도 세어봤다. 분명히 노력은 배신하지 않는다고 배웠는데 사랑도 너무 노력하면 나 혼자 바보가 되고 잠도 너무 노력하니까 되레 정신만 더 맑아졌다.

매일을 숙고하며 살아가기.

마음 편히 잠들 수 있는 삶을 한 번 더 코 앞으로 가져와 보았다. 코 앞에 가져와 손에 한 번 꼭 쥐어보기도 했다. 하루의 마침표를 찍는 순간이 포근하려면 적어도 나의 매일을 내가 잘 이해하며 살아야 하지 않을까. 나의 선택, 나의 생각, 나의 행동, 나의 추억에 보다 오롯한 나를 담아내고 싶다. 해치워야 하는 일, 그 사람의 마음, 사회가 부여하고 관계에서 비롯된 역할들에 내 마음과 머리를 쏟아붓느라 정작 나에 대해 생각할 시간은 턱없이 부족하다. 나를 숙고하지 않아도 나는 늘 나로 있어서. 나를 잃어버리는 기분에 사로잡혀도 어쨌든 나는 나로 있어서. 한순간도 빠짐없이 내 곁에 있어 주는 나에 대해 되레 우선순위를 자꾸 미룬다. 그래서 덜 행복했던 거라면 그 벌을 달게 받아야겠지.

'챙김'을 받는 기분은 늘 좋았다. 비 오는 날의 우산, 따뜻한 아침밥, 다정한 한마디, 기대하지 않았던 커다란 손. 흘러가는 시간에 따라 챙김의 주체와 형태도 바뀌며, 그래도 끊임없이 나에게 주어졌기에 버겁고 외로운 시간을 잘 견뎌낼 수 있었을지도 모른다.

충분히 숙고하는 삶.
나를 이해하고 챙겨주는 삶.
나의 매일을 더 온전히 채워가는 삶.
반복되는 일상에서 잔잔한 행복을 잃어버리지 않는 삶.
그런 삶을 살아가고 싶다.

Part 03.

내 사랑은 내 편이야

내 사랑은 내 편이고,

그래서 마침내

나의 행복도 내 편이다.

사건 당일

운영하고 있는 유튜브 채널에 처음 커밍아웃을 했을 때 익산으로 내려간 대학교 후배가 링크 하나를 나에게 보내왔다. 자신이 즐겨 찾는 한 커뮤니티에 나의 이야기를 다룬 글이 올라왔다는 것이다. 커뮤니티 광인 익산 친구가 "커뮤니티의 '커'도 모르는 김진아가 이 사실을 알 턱이 있겠냐"며 링크를 공유해준 것. ("나밖에 없지?"라는 말도 덧붙였다)

글에 담긴 마음은 마이너스보다는 플러스에 가까웠고, 글쓴이는 퍽 흥미로워 보였다. 5년 전 한 연애 프로그램에 출연해 남자 연예인과 꼬박 반년 넘게 데이트를 했던 '바로 그 여성'이 이제는 여자도 좋아한다니! 3년 전에 첫 여자 친구를 사귀었다니! 그런데 또 자신을 양성애자라기보다는 범성애자라고 이야기하고 있습니다. 여러분! 흥미롭군요! 와 같은 글이었다.

나름대로 커다란 용기와 알 수 없는 미래에 대한 적당한 두려움을 안고 거행한 나의 커밍아웃에 관심을 둔 것이 일단 고마웠고, 양성애자와 범성애자의 차이를 명확히 모르겠지만 알아보고자 한다는 태도가 뒤이어 고마웠고, 무겁지 않게 표현해 준 은근한 응원이 아주 많이 고마웠다.

심장이 떨리는 것인지 피부가 떨리는 것인지 알 수 없는 간지러운 기분으로 댓글 창을 열었을 때, 간지러움은 사라지고 웃음이 터져 나왔다.

하여간 이 귀여운 인터넷 세상 속 대한민국 사람들.

영화 <뷰티 인사이드>의 예시를 들며 열심히 범성애자를 설명하는 댓글도 좋았고, 영상 속 내 말을 찬찬히 듣고 나니 충분히 그럴 수 있을 것 같다는 공감도 좋았고, 생각해 보니 자신도 그런 것 같다는 반응들도 반가웠다. 무더운 여름의 끝자락에 내 속은 시원했고 마음은 따뜻했다.

수많은 댓글 중 지금까지 선명히 기억나는 댓글이 하나 있다. 그도 그럴 것이, 그때 그 댓글을 캡처해 메신저 배경 화면으로 설정해 두고 여전히 가끔 읽어보고 있으니까. 기억이 안 날 수가 있나.

"스스로와의 대화를 잘하는 사람이구나… 멋있어."

빠짐없이 소중했던 수십 개의 댓글 중 왜 유독 이 글에 눈을 뗄 수 없었는지 모르겠다. 나는 일 년 가까운 시간 동안 이 한 줄을 밥 먹듯 챙겨 보며 수십 번 울다가 수십 번 웃었고, 때때로 따뜻했고 때때로 먹먹했으며 휘청일 때 의지했고 단단할 때 포근하게 파고들었다.

범성애자니, 양성애자니, 이성애자니, 동성애자니. 사랑의 형태를 다루는 것에서 잠시 벗어나 그냥 한 사람의 (행복한) 삶에 있어서 "스스로와의 대화를 잘하는 것"이 얼마나 중요한지, 그리고 "스스로와의 대화를 잘하는 사람"이라는 말을 들을 수 있다는 것이 얼마나 감사한 일인지를 생각하면 마음 한 켠이 시큰하게 행복해진다. 어쨌거나 나 되게 잘 살고 있구나 싶다.

커밍아웃을 하던 날.
생각보다 덤덤한 마음과 달리 덜덜 떨리는 손가락으로 '업로드' 버튼을 눌렀고 그대로 회사에 출근해 평소와 같이 일을 했다. 퇴근 후 집에 돌아와 유튜브 스튜디오를 좀 뒤적이다 사람들의 댓글을 구경하고 밥을 챙겨 먹고 책을 몇 장 읽었다. 아무래도 집중이 되지 않아 친구와 통화를 조금 하고 그대로 잠에 들었다. 나는야 일찍 자고 일찍 일어나는 대한민국 직장인. 그날도 그냥 여느 날이었다.

커밍아웃을 하던 날.
'싫어요'와 악플을 각오하던 나에게 "스스로와의 대화를 잘하는 사람이구나"라는 한 줄의 코멘트가 달렸고, 탄생 이후 처음 받은 "스스로와의 대화를 잘하는 사람"이라는 수식어가 마음에 콕 박혀 여태껏 빠지지 않고 있는 중이다. 그날, 나는 조금 더 솔직해졌고, 조금 더 단단해졌으며, 조금 더 행복해졌고, 조금 더 '내'가 되었다. 조금 더 내 사랑에 집중할 수 있고, 조금 더 나 자신을 오롯이 사랑하며 살아갈 수 있을 것 같았다. 죽을 때까지 잊지 못할 특별한 날이었다.

첫사랑

유튜브에 올린 커밍아웃 혹은 범성애자 관련 영상들 중 오랫동안 꾸준히 사랑받는 영상이 하나 있다. 영상의 주제는 나의 첫 여자 친구.

어쩌다 보니 내 채널의 스테디셀러 같은 영상이 되어버렸는데, 하루는 친구에게 "이 영상이 왜 이렇게 인기가 많은지 모르겠다"고 말하자 친구는 "넌 학창 시절에 "선생님! 첫사랑 얘기해 주세요!" 안 해봤냐"라고 대답했다. 납득 완료.

나의 첫 여자 친구는(헤어지고 보니) 내 첫사랑이었다. 26년 동안 딱히 첫사랑이 없는 삶이라고 생각했는데 뒤늦게 갖게 된 첫사랑이라는 것이 적잖이 당황스럽기도 했다. 역시 인생은 눈 감기 직전까지 뭐가 어찌 될지 모르는 법. 그러니 때때로 하늘이 무너진 것 같은 현재를 허우적거리면서도 너무 좌절할 필요는 없다는 것과 다가오지 않은 미래에 대해 오만이나 근심 따위를 넣은 단정을 해서는 안 된다는 교훈을 늦깎이 첫사랑을 통해 배웠다.

그녀는 내 팬이었다. 그리고 3년 가까이 나의 팬이자 내 유일한 아래 지방 친구로 내 곁에 있어 주었다. 서울 촌뜨기였던 나는 그녀를 통해 그 지역 근처 여기저기를 여행 다녔다. 즐거운 날들이었다.

그녀를 처음 만난 건 수년 전 나의 토크콘서트 현장에서였다. 그 당시의 나는 지금의 나보다 좀 더 밝고 훨씬 많이 까불거렸고, 그 당시 내 팬(팬이라는 단어보다는 진진피플이라는 애칭을 훨씬 선호하고 있지만 어쨌든)들은 그 당시의 나보다도 더 밝고 더 잘 놀았다. 나와 그들이 함께 있으면 가끔은 그냥 어디 시골 강아지들이 모여 있는 마당 같았다.

그날의 토크콘서트도 거의 뭐 시골 마당. 무해한 내 사람들과 모여 즐겁게 와글거렸다. 그녀는 그 안에서 거의 유일하게 아주 조용한 사람이었다. 요란해서 눈에 띄는 사람은 보았어도 그리 잠잠하여 오히려 눈에 띄는 사람은 처음 보았다.

토크를 마치고 하나둘 자리를 뜰 때 내가 그 사람에게 다가가 "어디서 왔어요?"라고 물었다. 토크콘서트 현장에서 내가 으레 건네는 흔한 질문이었다.

그러나 대답은 흔하지 않았다.

"○○요."
"네?"

간혹 멀리서 오는 분들이 계셨지만 그렇게 먼 지역은 상상조차 해본 적이 없어 대놓고 놀라버렸고 그녀는 머쓱하게 웃었다. 머쓱한 표정을 그렇게 정직하게 잘 짓는 사람도 처음 보았다.

고마움을 표현하는 가장 산뜻하고도 확실한 방법은 시간을 쏟는 것이리라. 나는 서울에서 하루 머문다는 그녀에게 "내일 네 시! 연남동! 커피 마셔요. 제가 살게요!"라고 말했다. 내 인생을 송두리째 바꾼 한마디가 될 줄 그때는 꿈에도 몰랐다. 아마 그날이 내 인생의 가장 큰 나비효과이지 않을까 하는 생각에 아직도 가끔 웃는다.

사는 곳도, 옷 스타일도, 취미생활도, 직업도.
나와는 성별 빼고 다 다른 그녀가 재미있었다. 친구가 되고 싶었다. 그게 다였다. 그때의 나에게 여자 친구란 세상에 존재하지 않는 언어만큼이나 생각 자체가 나지 않는 영역이었다.

나는 내가 눈치가 빠른 사람이라 생각하며 살았다. 그로부터 3년 뒤, 그녀의 마음을 눈치챈 날부터 나는 내가 눈치가 없는 사람이라 생각하며 살고 있다.

꼬박 3년을 친구로 지냈다. 남자 친구랑 싸우는 날이면 전화를 걸어 엉엉 울기도 하고 그 사람이 살고 있는 지역에 놀러 갈 때면 남자 친구에게 영상 통화를 걸어 서로 인사를 시키기도 했다.

그녀는 나를 만날 때마다 거의 항상 크고 작은 선물을 주었다. 그냥 선물도 아니고 꼭 나에게 필요해 보이는 그런 것들. 요즘 날씨가 좋아 한강에 자주 나간다고 말하면 레깅스를 주었고, 손이 건조한 게 콤플렉스라고 말하니 핸드크림을, 뉴발란스에 푹 빠져 있던 내게 뉴발란스 운동화를 사주기도 했다. (나중에 보니 커플 운동화였다) 도저히 월급이 많을 수가 없는 직업이어서 나는 그녀를 지역 유지라고 확신했다. 눈치를 내다 버리지 않고서야 어떻게 그렇게 생각을 했지 싶다.

그녀의 지역에 놀러 간 어느 겨울날이었다. 별다를 것 없는 그 사람과 나의 일상이었다. 나는 그녀의 동네에서 하룻밤을 보내고 포항에서 아나운서로 활동하고 있는 단짝 친구의 자취방으로 이동할 예정이었다. 둘 다 서울보다 아래에 있으니 대충 가깝지 않을까 생각하고 이동 수단에 대한 아무런 계획 없이 일단 내려가 버린 서울 촌뜨기였다. 맥주 몇 캔을 비우며 밤새 수다를 떨다 새벽 4시가 되어서야 잠이 들었고 어렴풋이 눈을 뜬 다음 날 아침엔 피로가 몰려왔다. 와중에 여기랑 포항이 거리가 좀 된다고? 터미널에 가야 한다고?

터미널로 가는 택시를 잡으려는 나에게 그녀가 "데려다 줄게"라고 말했다.

"차 끌고도 몇 시간이라며."
"그러니까 데려다준다고."

"여기서 그러니까가 왜 나와?"
"좀 자면서 가라고. 피곤할 텐데."

너도 피곤하면서! 감동에 두 손으로 입을 틀어막은 나는 "너 같은 남자 있으면 내가 진짜 바로 결혼한다"라는 개드립을 쳤다. 그때 그녀는 무슨 마음으로 웃었을까.

첫사랑 2

그 차가 문제였다.

하필 이동 거리가 좀 되었고, 하필 너무 피곤했고, 하필 그녀가 내 카시트에 난방까지 따뜻하게 틀어주었다. 안 그래도 데려다주기까지 하는데 옆자리에서 잠까지 자버리면 너무 무례하다는 생각에 마침표를 찍기도 전에 깊은 잠에 빠져들었다.

얼마나 잤을까.
차가 덜컹거리는 느낌에 깊은 잠에서 한 겹 벗어났다. 반쯤 눈을 떴다. 흐릿한 시야로 그녀의 얼굴이 선명하게 들어왔다.

운전대를 잡고 있던 그녀는 차가 흔들리자 나를 향해 잠시 고개를 돌렸다. 이내 다시 앞을 바라보고 운전을 이어

나갔다. 그 아주 잠깐 우리의 눈이 마주쳤고 바로 그 찰나에 나는 모든 것을 알게 되었다.

너는

나를

사랑하고 있구나.

왜 몰랐을까.

그 눈빛은 사랑이 아닌 다른 것으로는 도무지 설명이 되지 않았다. 아끼는 아이를 데려다주고 있다는 기쁨, 자신이 운전하는 차를 타고 있는 그 아이가 바로 옆에서 곤히 자고 있다는 뿌듯함, 차가운 바깥 공기와 따뜻한 차 안의 공기가 엉겨 피어오르는 오묘함보다 더 오묘한 여러 가지 생각과 기분, 그 순간, 덜컹, 잠에서 깰까 가벼운 걱정.

그 모든 것이 뒤섞인 단 1초의 눈빛.

오랫동안 나 몰래 쌓이던 댐이 그 1초 만에 모조리 터져버린 것 같았다. 그 물살에 나까지 함께 휩쓸리는 중일 테지.

잠겨버릴 정도로 쏟아지는 3년의 마음과 행동과 맥락과 관계, 내 인생에 새롭게 만들어내야 하는 인식의 룰을 받아들이는 것이 쌀알 한 톨 만큼의 덜컹임도 없이 자연스럽고 쉬웠다는 것은 아직도 신기한 일이다.

(어른의 나이를 몇 해, 세상이 익숙한 연애 경험을 몇 번 쌓고 나서 새로운 성정체성을 받아들이는 데에 혼란스러움은 없었냐는 질문을 수백 번은 받았지만 되레 "그러게요. 그런 일에 혼란스러움이 있을 수도 있겠다는 인식조차 없이, 제가 범성애자라는 인식을 머리로 하기도 전에 알아서 받아들이고 바뀌어 버렸네요"라고 밖에 대답할 수 없는 까닭이기도 하다)

그 사람의 마음을 깨닫고, 받아들이고, 심지어 반갑다는 생각마저 드는 데에는 신기하리만치 아무런 어려움이 없었지만, 문제는 그다음에 있었다.

1. 본인이 직접 말하지 않은 마음을 내가 어떻게 꺼낼 수 있을까? 혹시 꺼내면 안 되는 것은 아닐까?
2. 상대의 마음은 깨달았지만 그렇다고 꺼내지는 않은

상태로 여전히 모른 척 그녀의 배려와 따뜻함을 받는 게 맞는 걸까? 이건 너무 양아치 아냐?

3. 잠깐만. 일단 내가 깨달은 마음이 맞기는 한 거야? 나 혼자만의 오해 속에서 나 홀로 머리 싸매고 있는 거 아니냐고!
4. 아냐. 맞는 것 같기는 한데. 그러면 어쩔 건데. 만날 거야? 나 여자랑 연애하는 법 모르는데? 그건 어떻게 하는 건데?

급하게 따른 콜라 위로 탄산이 부글대는 것처럼 머릿속이 부글대다가 이내 단 한 가지 생각만이 명확해졌다.

이대로 이 사람을 만날 수는 없다.

그녀는 나에게 나름대로 소중한 사람이었다. 그런 그녀와의 관계에 내가 무언가를 모른 척한다는 것도 불가능하고, 나는 애초에 숨기거나 속이는 것에 재능이 아주 없는 사람이며, 그렇다고 그녀가 꺼내지 않은 그녀의 마음을 내가 먼저 꺼내버리는 것도 그리 좋은 선택지는 아닌 것 같았다.

아무것도 할 수 없어 그 상태로 사라져 버렸다. 부단히 고쳐보려고 노력했던 회피 성향이 다시금 발현되는 순간이었다. 어렵고 두려운 상황을 회피해버리는 내 모습을 마주칠 때면 어김없이 우울해진다. 자존감이 바닥 나는 기분마저 든다. 내가 나를 미워한다.

그래서 우울한 줄 알았다. 나의 회피 성향이 나타나서. 내가 좋아하지 않는 나의 모습을 마주해서.

그런데 그런 것 치고는 우울이 너무 오래 간다. 시도 때도 없이 우울했고, 하루 종일 우울했고, 내가 나를 다시금 사랑하게 되었음에도 우울했다.

마음의 문제를 해결하는 데에는 대화가 가장 좋다고 생각하며 살고 있다. 물론 나와 나의 대화도 포함된다. 도무지 알 수 없는 내 마음의 문제에 대해 오랫동안 대화를 나누었고, 나는 그 사람을 보고 싶어 한다는 결론에 다다랐다.

그 말은 즉,

나 역시 그 사람을 좋아하고 있다는 뜻이었다.

밤이 깊어 일단 잠을 잤다.

눈을 뜨고 그녀에게 메시지 하나를 보냈다.

"내일 퇴근 시간 맞춰서 내려갈게. 하루 놀자."

첫사랑 3

그다음 날은 내 인생 처음으로 공항 혹은 터미널에 마중 나온 그녀 없이 그 낯선 동네를 홀로 씩씩하게 헤매며 그녀의 일터 앞까지 찾아간 날이다. 서울 촌뜨기에 모태 길치, 게다가 겁도 많은 내가 예상 도착 시간보다 딱 40분 정도 늦었으니 그 정도면 아주 훌륭한 모험이라 생각했으나 그녀는 내가 오다가 무슨 일이라도 생긴 걸까 걱정했다고.

우리는 번화가로 나가 늦은 저녁을 먹었다. 메뉴는 조개구이. 따끈하고 촉촉한 조개에 소맥을 연신 마셨는데 별로 취하지는 않았다. 저녁 식사를 마치고 카페로 향하려니 시간은 애매하게 늦고 두 볼은 애매하게 빨개서 그냥 둘이 한 잔 더 할 수 있는 숙소로 들어가기로 했다. 예쓰. 난 둘이 있고 싶었다고.

숙소 근처 편의점에서 과자와 젤리, 술을 사 와 먹고 마시면서 이야기를 이어갔다. 사실 내 머릿속에는 오늘의 미션밖에 없었고, 그래서 우리가 당최 무슨 이야기를 나누는지 집중조차 되지 않았다. 하지만 그 미션을 수행하기엔 여전히 용기가 부족했고, 그래서 술만 연신 마셔댔다. 하지만 디오니소스의 축복이라도 받는 양 도무지 취하지 않는 밤이었다. 이미 주량은 훨씬 넘긴 상태였다.

사 온 술이 모두 떨어졌다. 우리는 아까 그 편의점에서 약간의 마실 것들을 더 사 왔다. 그리고 또다시 동이 났다.

"오늘 왜 이렇게 잘 마셔?"
"그러게나 말이야."

취하지 말아야지 하고 마실 땐 친구 등에 업혀서 집에 들어오더니 꼭 술의 힘이 필요할 때만 술이 나를 외면한다.

여전히 하나도 취하지 않았고 여전히 졸리지 않았으나,

여전히 꿀 떨어지는 눈을 끔뻑이며 나를 챙기느라 분주한 두 팔을 가지고서도 나를 친구 아닌 친구로 대하는 그녀를 보니 비로소 오기일까? 용기일까? 그 두 가지를 버무린 무엇일까의 마음이 수면 위로 올라왔다.

"있지."

그녀가 내 목소리에 자세를 고쳐 앉는다. 꼿꼿하게. 나를 향해. 아마 머리 아픈 고민이 있어 그녀를 보러 온 것으로 생각한 것 같다. 마음 깊은 고민일수록 가까운 사람에게 말하지 못하고 속으로 삭히는 성격이라는 걸 익히 아는 사람의 반응이다. 그러니까 내가 그녀를 그 정도의 관계로 여긴다고 생각하는 반응이란 뜻이다. 적당히 가깝긴 하나 '내 사람'이라는 나만의 애칭을 부여해 줄 만큼 아주 가깝지는 않고, 그래서 언제든 놓을 수 있어 부담 없이 나의 고민을 나눠보아도 괜찮은 사람. 고쳐 앉은 그녀의 꼿꼿한 등을 보며 마음이 아렸다.

"내가 당신을 좋아하는 것 같아."

침묵.

"내가 언니를 좋아하는 것 같다고."

또 침묵.

그녀는 마치 오랫동안 풀지 못한 존재론적 숙제를 드디어 풀어냈지만, 오히려 그 해답으로부터 야기된 더 큰 물음표에 빠져버린 철학자 같은 표정을 지었다.

"당신이 나를 좋아하는 것 같은 기분이 들어서 연락을 못했어. 나를 참 차갑고 이기적이고 나쁜 사람이라고 생각할 수도 있겠다 싶었지만, 도무지 할 수가 없었어. 나의 삶과 나의 세상엔 새로 깨달은 우리의 관계를 정의내릴 수 있는 단어가 없었어. 쓰고 말하는 것을 좋아하는 나라서 금세 찾아낼 수 있을 줄 알았는데 아무리 찾아도 찾아내지 못해서 무서웠어. 무섭고 우울했어."

"그런데 너무 오랫동안 우울한 거야. 대체 왜 이 정도까지 우울할까 고민하다가 우울의 이유가 내 짐작과는 다르다는 것을 깨달았어. 나도 당신을 좋아해서, 그래서 우울했어. 좋아하면 안 되는데 좋아해서 우울한 게 아니라 그냥 너무 좋은데 내가 내 마음을 꽉 막고 있으니까 우울한 거야. 그러니까 이 우울의 해답이 너무 간단한 거지. 그냥 내가 언니 좋아하면 돼. 지금처럼. 이렇게."

"내가 당신을 끊어내고 있는 동안 내 무의식이 어떤 생각들을 나한테 던져댔는 줄 알아? 아침에 일어나면 일어났다, 밤에 누우면 잘 거라고 이야기하고 싶다는 생각. 기침 한 번, 체기 한 번에 곧장 연락해서 어린애처럼 징징거리고 싶다는 생각. 나의 사소한 하루를 죄다 종알거리고 싶다는 생각이 들었어. 쏟아지듯 매일 새로운 맛집과 카페, 여행지를 추천해 주는 게시물들을 보면 같이 가지 못하더라도 일단 네게 보내놓고 싶은데 그러지 못해서 답답했어. 새로운 요리에 도전했는데 생각보다 맛있으면 당신한테 자랑하고 싶었고 언젠가 해주고 싶다는 마음에 가슴이 울렁거렸어. 현재를 함께하고 미래를 그려보고 싶었어. 아주 가까운 미래뿐이라도."

"이런 생각들이 모여 단 하나의 결론으로 귀결됐어. 내가 당신을 좋아하고 있구나. 시작점이 다른 수많은 화살표가 있는데 그 모든 화살표의 끝이 이 결론을 가리켰어."

"이토록 내가 당신을 좋아하는 이유가 많은데, 만약 당신을 좋아하면 안 되는 이유가 성별 그것 하나라면, 그게 무슨 상관일까 싶었어."

"내 수많은 좋아함의 이유가 고작 그 하나뿐인 반대의 이유를 상쇄시키고도 남을 것 같았어. 그래서 그 남은 마음들을 가지고 여기로 왔어."

"이제 말해 봐. 당신은 어때?"

안녕, 나의 첫사랑

제목에 적힌 '안녕'은 아쉽지만 'Hi'가 아니라 'Bye'다. 그렇게 시작된 나의 첫사랑은 길다면 길고 짧다면 짧을 수도 있는 시간 동안 무수한 감정과 사건을 만들어냈고 둘이 만든 하나가 아닌 말끔한 둘로서의 마침표를 찍어냈다.

시작점과 마침표. 그 사이의 일들을 적어내는 건 그때의 상대와 현재 혹은 미래의 상대와 내 마음에도 실례인 것 같아 하지 않기로 했다.

깊은 관계가 된다는 건 연인을 넘어 인간적인 합이 잘 맞아야 한다는 것을 깨달았다. 같아야 한다는 게 아니라 잘 융합되어야 한다는 뜻이다. 커피와 우유를 섞어 근사한 라테 같은 사랑을 그려내야 하는데 상대와 나는 각각이 귀한 물과 기름이었다. 다소 충분하지 못한 설명이겠지만 같은 결의 경험을 해본 사람이라면 이미 고객을 끄덕여 주셨을 거라 믿는다.

상대를 향한 사랑은 이미 잊었고 이제는(연인의 마음으로) 사랑하지 않으며, 아릿하게 남아있는 소중하고 아픈 감정은 상대가 아닌 과거에 어리숙하지만 소중한 나를 향한 마음임을 알고 있다.

“자신의 세상을 넓혀준 사람은 잊을 수 없다”라는 글을 본 적이 있다.

그럼에도 불구하고 내가 너를 부단히 곱씹으며 살아간다면 아마 유일하게 이 이유에서일 테다.

행복하게 살길 바라.
오래도록 서로를 군더더기 없이,
산뜻하게 추억할 수 있기도 바라.
많이 고마웠고 고마운 사람에게.

나는야 범성애자

책 속에 몇십 번은 더 담길 단어, 범성애자.

나는 범성애자다.

내 사랑의 세계가 넓어지고 난 후 가까운 친구들이 "그러면 너는 이제 양성애자야?"라고 물었을 때 "보다 정확히 말하자면 나는 범성애자야"라고 대답했다.

똑똑한 알고리즘 덕분에 나의 유튜브 채널에는 결이 비슷한 다정한 사람들이 모여주신다. 다정한 사람들이 만들어낸 무해한 댓글들이 대부분인 와중에 간혹 "레즈면 레즈고 양성애자면 양성애자지, 범성애자는 또 무엇이냐. 유난이다"와 같은 댓글(사실 책에는 많이 순화한 버전으로 적은 것)이 달릴 때면 어릴 적에 본 드라마 대장금의 명대사가 떠올라서 그냥 웃는다.

“홍시 맛이 났는데 어찌 홍시라 생각했느냐면 그냥 홍시 맛이 나서 홍시라 생각한 것인데.”

범성애자라서 범성애자라고 했는데 어찌 범성애자냐고 하시면 그냥 제가 범성애자의 사랑을 해서 범성애자라 말하는 것인데.

사실 범성애자와 양성애자의 명확한 구별이 다소 어려운 건 사실이다. 나는 이에 대해 ‘범성애자가 양성애자의 부분집합이기 때문’이라고 생각하고 있다. 그러니까 범성애자는 양성애자인데, 양성애자는 범성애자가 아닐 수도 있다는 것이지.

범성애자로서의 첫걸음을 내디딜 당시의 내가 너무도 깊이 “성별이 도대체 뭐가 중요해”라고 생각해서 그런가. 내 마음속에서 사랑을 만들어내는 수많은 기준 중에 성별은 쏙 빠져있다고 느낀다.

왜, 누구는 키를 보고, 누구는 외모를 보고, 외모를 보는 와중에도 호감을 느끼는 외모의 기준이 제각각 다르고.

또 누군가는 직업을, 동네를, 성격을, 생활 습관을 보지 않는가.

또 누군가는 키가 전혀 상관없고, 누군가는 출신지를 전혀 신경 쓰지 않고. 김진아는 성별을 전혀 상관하지 않는 사람이다.

누군가를 사랑할 때, 나는 '인간'으로서 그 상대를 사랑하게 되는 것 같다. 내 남자, 내 여자 말고 오직 하나뿐인 나의 사람.

영화 <뷰티인사이드>처럼 여자 친구였던 내 연인이 자고 일어나니 남자가 되어 있어도 별일은 아니고, 보다 현실적으로 여자 친구였던 내 연인이 남자가 되겠다고 해도 아주 덤덤하고 따뜻하게 그 길을 같이 걸어줄 것이다. 그 반대의 상황도 마찬가지.

보다 본질적으로 접근하자면, 어느 순간부터 나는 '성별'에 대한 인식이 거의 희미해졌다.

어릴 적부터 대학 생활을 할 때까지 그리고 꼭 되고 싶었던 아나운서라는 첫 직업을 가졌을 때까지도 나는 뻔하고도 단단한 성 고정관념(gender streotype), 그 안에서 살았던 것만도 같다.

나의 첫 여자 친구는 멋진 일을 하는 사람이었다. 겉이 아닌 속이 멋진 그 직업의 상당수는 남성이 차지하고 있었다. 비율로 따지자면 가히 9:1이라고 말할 수도 있을 정도였다.

나는 그 사람과 연인으로 사랑했지만, 그 시간 동안 나와 성별만 같고 많은 것이 다른 그녀와 같은 결의 삶에 대한 이해도 아주 많이 넓혔던 것 같다. 감사한 시간이었다고 생각한다. 덕분에 내가 미처 경험해 보지도 느끼지도 알지도 못했고 그럴 마음조차 없었던 새로운 세상을 꽤 많이 알게 되었다. 머리로는 깨달았고 마음으로는 매력을 느꼈다. 이해했고 존중했고 사랑하게 되었다.

그러한 일련의 과정을 거치며 성 고정관념이 완전히 부서졌고, 이는 나의 사랑으로 하여금 성별에 대한 기준까지 아주 희미하게 만들었다. '만들어주었다'라고 표현하고 싶다.

나는 무너지고 부서져 가루조차 남지 않은 나의 성 고정관념과 더 투명하고 맑고 뜨거워진 나의 새로운 사랑의 형태를 아주 많이 좋아하고 있다. 내가 가진 나의 모습을 좋아할 수 있다는 건 큰 축복이다.

덕분에 나는 조금 더 행복해진 것도 같다.

영향력

"무섭지 않겠어?"
커밍아웃 전, 나의 굳은 결심을 따뜻하게 걱정해 주던 내 사람들이 단 한 명도 빠짐없이 건넨 말이다. 뭐가 무서워? 이 세상이.

세상이 무섭지 않냐는 말이 잘 와닿지 않았다. 나 같은 사람이 이 세상에 나 하나뿐인 것도 아닌데 뭘. 머리카락 한 올 한 올 꽁꽁 묶여 괴물 취급 받는 소인국 국경 바닷가의 걸리버처럼 나를 바라보는 친구들이 사랑스러웠다. 이 소중한 소인국 친구들아, 내가 만난 새로운 세상에는 걸리버 같은 거인도 꽤 많다네. 그리고 나와 다르지만 나를 이해하고 걱정해 주는 따뜻한 소인국 친구들도 있는걸? 지금 너희처럼. 이해고 걱정이고 피곤하면 그냥 나랑 지금처럼 놀아주기만 해도 충분해. 나는 안팎으로 단단한 걸리버니까.

"하고 싶다"라는 생각에 확신이 생길 때 수많은 걱정과 겁이 눈 녹듯 사라지는 것은 셀프 만족도가 아주 높은 나의 성격이다. 하고 후회하는 것보다 하지 않고 아쉬워하는 것이 100배는 더 힘든 사람이기 때문에 하고 싶어지면 일단 한다. 이 세상 누구 하나는 나를 응원해 주겠지. 아무도 응원해 주지 않으면 내가 응원해 주지 뭐, 내 결심!

사랑하는 나의 사람들이 우려했던 상황이 전혀 없었던 것은 아니다. 텍스트의 형태로 여러 가지 화살이 날아왔다. 아팠냐고? 따갑지도 않았다. 정말 솔직히 말하자면, 약간은 재미있기까지 했다.

혐오, 안타까움, 실망, 회유. 다양한 감정의 얼굴을 한 문장들이 나를 찾아왔다. 결론은 그냥 '반대' 그 하나였는데, 하나의 씨앗이 다양한 얼굴을 가지고 있는 것이 재미있었다.

나의 인스타그램을 팔로우하고 계시는 한 50대 아저씨는 나의 토크콘서트 게시물에 '제가 알던 그 분 맞죠, 실망입니다'라고 댓글을 다셨다.

자신과 결이 맞지 않은 삶이 다른 누군가와는 잘 맞아 보인다면 "아, 누군가의 삶은 그럴 수도 있겠다"라고 한 번 생각해 주세요. 저도 선생님 삶의 모습에 대해 가만히 있잖아요:) 1. 그럴 수도 있겠다. 2. 저는 남의 삶에 함부로 실망이니 뭐니 내뱉는 사람이 되고 싶지는 않습니다. 3. "저는 그러기에는 제 삶을 가꾸기에도 너무 바빠요! 오늘도 편안한 하루 되세요!"라고 답글을 달았고, 그 분은 그 댓글을 지우지도 않은 채 여전히 나를 팔로우하고 있다. 열 길 물속은 알아도 한 길 사람 마음은 모른다는 속담이 떠올라 혼자 크크 웃었다.

유튜브에는 덕영 씨가 '김진아 씨는. 남자와 썸탈때가. 제일 예뻐요. 안타깝습니다'라는 댓글을 남겨주셨다. 밥 잘 먹고 운동 잘하고 주어진 하루를 재미나게 살 때 예뻐 보인다면야 넙죽 감사하겠는데, 남자와 그것도 썸탈 때 가장 예뻐 보인다니. 표정 관리에는 실패했지만 어쨌든 결론적으로 이 댓글도 재미있었다. 실소도 웃음은 맞으니까. "덕영 님께 예뻐 보이고 싶지 않습니다. 제가 행복하고 싶어요:)"라고 대답해 드렸다. 덕영 씨에게는 예쁨 받는 게 미움 받는 것보다 더 슬플 것 같았다.

어쨌거나 나 자신에 대한 믿음을 바탕으로, 세상 모두가 나를 좋아해 줄 수는 없음을 받아들이고, 나를 수신자로 설정한 영향력들을 취사선택해서 받아내는 힘을 갖추고 나면 세상을 좀 더 씩씩하게 걸어 나갈 수 있게 된다.

하나보다는 많고 '많다'라는 표현보다는 적은 악플들과 타인의 뒷담화를 경험하며 느낀 사실은 "어쨌거나 나는 네게 참 큰 영향력이 있나 보구나. 너는 내게 그 정도가 아닌데"였다. 한 편에 짧으면 5분, 길면 10여 분을 훌쩍 넘는 나의 영상들을 구태여 시청하고, 내가 무슨 말을 하는지 면밀히 파악한 후 그에 따른 댓글을 다는 시간이면 아주 짧게 잡아도 몇 분은 썼을 텐데. 나는 내게 악플을 단 당신의 삶이 단 1초의 관심사도 되지 않으니 대충 봐도 이건 내가 남는 장사다. 나는 당신이 써준 댓글을 소재 삼아 이렇게 글도 쓰고 있으니. 그렇다고 악플을 달아도 된다는 뜻은 아니다. 아프지 않다고 해서 돌을 던져도 되는 것은 아니니까.

"내가 인복 하나는 참 많지"라는 생각을 숨 쉬듯 하고 산다. 커밍아웃을 하고 나서도 마찬가지. 커밍아웃과 관련

한 나의 흉이 들려왔다는 근원지를 보면 '맞다, 내가 저 사람도 알고 있었지?' 싶을 정도로 잊고 살았던 관계가 많다. 그 흉을 나에게 전해준 이 역시. 없어도 잘 살았으니 그대로 없어지면 되는 관계다. 당신들은 내 삶이 궁금했군요. 흥미로웠나요? 적어도 나는 당신의 술안주가 되어주었네요. 당신은 내게 아무것도 아닌데.

우정이라는 단어로 설명이 충분하지 않아 답답한 나의 친구들은 별안간 예상치 못하게 변해버린 나에게 어쩜 이리 별 반응이 없는지. "왜 뭐라고 하지 않아?"라고 물어보면.

"뭐라고 한다고 니가 내 말을 듣니?"
"그냥 너 행복하면 된 거 아니야?"
"너는 지금 성별이 문제가 아니다, 진아야. 너 놀아주고 달래주고 이야기 들어주고 눈물 닦아주고 맛있는 것같이 먹어주고 이런 게 중요하지 지금. 너한테 국적 성별 등등은 문제가 아니야."

99.9% 저 세 가지 반응 중 하나, 혹은 둘, 아니면 세 개 모

두. 이토록 나를 잘 알고, 내가 나답게 살 수 있도록 만들어주는 이들과 친구라니. 나는 참 행복한 사람이다.

어쨌거나 내 삶에 가장 큰 영향력을 가진 이들이 나보고 나대로 살으라고 한다. 내 삶에 영향력이 큰 누군가가 나의 이 조각을 좋아하지 않는다면, 하지만 그 영향력도 줄일 수가 없다면, 내가 가진 다른 조각들로만 그 사람을 마주하지 뭐. 나에게 어떻게든 영향을 미치고자 날아온 새까만 댓글들은, 내가 허락하지 않으니, 나에게 영향력을 미칠 수가 없다.

유튜브에 커밍아웃을 하였고 '진진피플'이라는 이름의 소중한 인연들이 새로이 생겨났다. 커밍아웃 전부터 함께 해주던 진진피플 역시 고스란히 그 자리에서 나와 함께 이 세상을 살아가 주는 중. 나에겐 그들의 영향력이 더욱 크다. 나와 같은 결의 사람들이 내게 새로이 영향력을 미치니 내 삶은 갈수록 따끈하고 단단해질 수밖에.

영화 같은 삶

#1

"인생은 한 편의 영화이며 우리는 각자의 영화 속 주인공이다."

아름다운 말이었다. 특별해지는 기분이 들었다. 인생을 잘 만들어가고 싶었다. 좋은 영화처럼.

그때는 영화가 그리 많은 줄 몰랐던 것 같다. 상영관에 오르는 영화는 극소수에 불과하다는 사실도 모를 만큼 어렸다. 플러스로 말하면 순수했고 마이너스로 말하면 세상을 너무 몰랐다. 그때부터 인생을 영화에 비유하는 말이 싫어졌다. 인생이 인생이면 그냥 인생인데, 인생이 영화라면 나의 인생은 자칫하면 영화관에서 만나볼 수도 없을 것 같았으니까. 별점이나 혹평에 대한 걱정을 하기도 전에 "나의 영화는 너무도 흔해서 아무도 봐주지 않을 거야"라는 생각이 먼저 든다는 것이 서러웠다. 서럽다고 내가 할 수 있는 것은 없었다. 영화에도 맥락이 있듯 인생에도 맥락이 있다. 이미 이렇게 맥락을 쌓아왔는데 이제 와서 스토리를 갑자기 바꿀 수는 없는 법이다. 영화 시나리오야 엎어버리고 새로 쓰면 되지. 게임 캐릭터야 아깝고 지겹지만, 프롤로그부터 다시 키워보면 되지. 인생이라는 영화는 기회가 단 한 번 뿐이었고 시나리오 수정도 불가능하다는 것을 왜 이제야 알았을까.

평범도 복이라지만 나이에 숫자를 더해갈수록 흔하디흔한 삶이 아쉬운 것은 사실이다. TV에서 SNS에서 책에서 기사에서 반짝이는 사람들이 저렇게나 많은데. 나 하나쯤 없어져도 세상은 티끌만큼도 상관하지 않을 것 같다는 생각이 바보 같다는 것을 알면서도 '내가 바보인데 바보 같은 생각 좀 하면 어때'라며 마음껏 바보가 된다.

#2

자존감은 마치 파도 같아서 쉼 없이 출렁인다. 파도 모양의 자존감은 딱 파도처럼 자연스럽고 아름다우며 때로는 위태롭다.

그 출렁임의 가장 낮은 곳에서 살고 있던 어느 날이었다. 우울은 나를 고립시켰고 고립은 또 다른 우울을 만들어 냈다. 그래도 연인이 있었다. 의젓하기와 버텨내기가 기본값인 성인의 삶에서 거의 유일하게 유치하고 모난 모습이 어느 정도 괜찮은 영역이 연인 관계이지 않은가. '이제 좀 동굴 밖으로 나가야 할 텐데' 생각하면서도 도무지 누군가를 만나 건강한 시간을 만들지 못할 것 같을 때, 고맙게도 상대는 포근했고 다행히 나는 상대를 갉아먹을 정도로 단단하지 못한 사람은 아니었다.

몇 가지의 상황과 몇 가지의 이유와 또 몇 가지의 문제가 동시에 뒤엉켜 자존감이 패대기쳐져 있을 때, 일을 마치고 내게 달려온 연인을 바라보다 갑자기 웃음이 나왔다. 거의 한 달만에 소리내어 웃는 웃음이었다. 눈물이 날 정도로 웃었다. 한참을 웃은 것 같다. 너무 웃어서 눈물이 흘렀다. 눈물을 닦으며 웃음을 겨우 멈추자, 시야에 연인이 들어왔다. "네가 드디어 실성했구나"하는 걱정 어린 표정을 짓고 있었다. 아니, 난 미치지 않았다. 오히려 상쾌했다.

"고마워."

"당연한 거지."

"아니, 돌봐주는 것 말고. 그냥 너의 존재."

상대는 내 마음을 알겠다는 듯이 따뜻한 미소를 지어 보였다. 언제든지 내가 필요로 하면 달려와 줄 것이라는 듯 나를 꼭 안아주었다. 나는 상대가 내 말을 이해하지 못했다고 확신했다. 한 번 더 맑은 웃음이 터져 나왔다.

#3

정말이지 그 존재 자체로 고마웠다. 우울이 눈덩이처럼 불어나 자기혐오와 비하의 마음마저 일렁이고 있던 그 때, 연인의 등을 회색의 눈빛으로 바라보다가 재미있는 생각이 뿜어져 나왔기 때문이다.

"잠깐, 여자 친구를 사귀는 것만으로도 그리 흔하지는 않은 것 같은데?"

오랫동안 갈망했던 꿈을 접는 시기였다. 내가 오랫동안 갈망했던 꿈을 나보다 더 멋지게 이루고 있는 사람들의 소식이 내 마음을 따갑게 했다. 내가 부족해 꿈을 접는 것이면서 쿨한 태도 또한 갖추지 못하는 못난 모습이 더욱이 초라했다. 별처럼 반짝이고 싶었는데, 나는 그냥 모래였다. '모래사장에서 바늘 찾기'라는 말처럼 놀라울 정도로 흔한 모래.

그런데 별안간 마음속에 까슬대던 모래가 맑게 걷히는 기분이었다. 상쾌하게 웃겨 죽을 뻔했다. 나는 그냥 너를 사랑했을 뿐인데, 여자와 남자라는 50대 50의 확률 중에 하필 네가 여자였을 뿐인데, 나는 너를 만난다는 이유로 거저 특별해진 기분이었다. 시에도 노래에도 영화에도 있는 흔하디흔한 사랑을 나도 하고 있는 것뿐인데, 내가 너를 만난다는 까닭으로 아무런 노력 없이 흔하지 않게 되었다. 이거 완전… 개꿀이었다!

#4

별다른 노력 없이 존재론적 우울에서 벗어날 수 있게 해준 사랑의 형태가 고마웠다. 사실 나 자신에게 아주 많이 고마웠다. 내가 가진 사랑의 형태를 이와 같은 방식으로 해석할 수 있을 줄 나도 몰랐다. 무의식에서 피어오른 긍정 정서이자 낙천이고 단단함이었다.

더 이상 우울하지 않았다. 우울할 필요가 없었다. 나는 특별하니까. 나의 사랑이, 나의 마음이, 그리고 나의 단단함이 이토록 특별하니까.

다시 한번 '영화'라고 생각하고 싶어졌다. 시나리오는 다시 쓸 수 없지만 다행히 이 영화는 러닝타임이 아주 많이 길었다. 2시간 만에 승부를 낼 필요가 없었다. 몇십 년에 걸쳐 수많은 등장인물과 사건이 존재했다. 미래의 등장인물과 사건을 나도 잘 몰랐다. 지나온 영화의 줄거리가 지겨워도 좌절할 필요가 없었다. 뭐가 어떻게 될지 모르는 거니까. 지나온 지겨움과는 다른 기깔나는 모험이 있을 수도 있으니까. 3년 전의 나는 상상하지도 못한 '이런 사랑'을 하고 있는 현재의 나처럼.

내 인생, 이 영화, 좀 재밌다 이것!

호크니 할아버지

글 쓰고 말하고 마음을 토닥이는 조각들 말고도 내가 가지고 있는 커다란 조각이 하나 더 있다. 아나운서에서 은퇴한 후 지금까지 나는 여러 스타트업의 콘텐츠와 브랜딩을 다루어오고 있다. 매일 '브랜딩'을 하다 보니 이제 "모든 존재에게는 '정체성'이 필요하다"라는 말이 마치 진리 같다.

대학에서는 교육학과를 전공했다. 내가 졸업한 대학의 교육학과는 사범대가 아니었다. 세상에 존재하는 넓은 의미의 교육들을 깊이 있게 다루었다. 바로 그 점에 끌렸다. 교육. 가르치고 배우는 과정. 탄생부터 죽음까지 그 모든 순간에 교육은 다양한 형태로 존재한다. 나에게는 딱 내 삶의 길이만큼 교육의 선이 존재한다. 응애부터 꼴까닥까지 단 한 순간도 나와 떨어지지 않는 것이 나 자신 말고 또 있다니! 나는 자기 자신과 자신의 삶을 이해하고 싶은 마음을 담아 간절히 그 학과에 자기소개서를 제출했다.

운명을 믿는 타입은 아니지만, 가만 보면 내 인생은 내가 가진 팔자대로 흘러가고 있는 것 같다. 자존감도 브랜딩도. 내가 활동하고 있는 가장 큰 두 조각도 내가 교육학과를 바라보았던 느낌과 비슷하다. 응애부터 꾀꼬닥까지. 끊임없이 다양한 형태로 존재하는 것. 끊임없이 다양한 방식으로 가꿔주어야 하는 것.

자존감은 잠깐 미루어두고 브랜딩 이야기를 이어볼까. 앞서 말했듯 모든 존재에게는 정체성이 필요하다. 딱 하나일 필요는 없지만 명확하고 희소하고 매력적일수록 그 존재가 더욱 반짝반짝 브랜딩 되는 것은 사실이다. 더 큰 정체성이 조금 더 작은 정체성 앞에 서게 되는 것도 맞고.

데이비드 호크니가 처음 내 인생을 물들인 건 2019년 여름이었다. 후덥지근한 여름 공기를 피해 들어간 압구정 영화관에서 호크니 할아버지의 삶이 농축되어 있는 영화를 만났다. '호크니'라는 이름 세 글자가 고스란히 제목이었던 그 영화를 이끌리듯 보고 나왔다. 뜨거운 여름 해가 떨어져 캄캄해진 밤이 제법 상쾌했다. 영화 한 편을 보고 나오니 세상이 바뀐 듯 날씨가 달라져 있었고, 정말 나의 인생이 바뀐 순간이기도 했다. 그날 이후 지금까지 스승처럼, 연인처럼, 디저트처럼, 위로처럼 호크니의 작품과 그의 인생을 내 삶에 깊이 녹여내며 사는 나다. "어떻게 살아야 하는가" 수만 가지 상황과 이유로 떠오르는 똑같은 질문에 호크니는 그의 삶 단 하나로 수만 가지 해답을 제시해 주고 있다.

호크니는 나에게 있어 '이상향'이라는 단어가 갖는 느낌을 고스란히 전해주는 존재다. 그의 삶 혹은 그 자체가 이상적이라기보다는 그가 내게 주는 가치가 가히 그 단어로 표현할 수밖에는 없어서. 한 시대를 풍미하는 위인은 많지만, 자신의 온 삶을 통째로 빛내며 사는 사람은 얼마나 될까. 데이비드 호크니의 삶이 항상 반짝일 수 있는 건, 자칫 도태될 수 있는, 그를 흔드는 수많은 위기와 좌절, 세상의 변화 속에서 그가 항상 이겨내고 나아가고 또 청춘으로 살아가기 때문이라고 생각한다. 처음 금발로 염색했을 때, 여러 구도의 사진을 찍어 그림으로 담았을 때, 풀장의 물 시리즈, 그리고 에이즈, 또 그리고 요즘의 아이패드 작업까지. 지금도 그는 물리적 청춘인 나보다 더 청춘으로 살아가고 있다. 경이로울 만큼 존경스럽고, 또 그만큼 사랑하는 나의 호크니.

참, 호크니 할아버지는 게이다.

2019년의 그 영화도 호크니의 성 정체성을 꽤 비중 있게 다루고 있다. 그 당시 나는 남자 친구가 있었다. 성소수자란 나와는 단 한 방울도 관련이 없는 삶의 조각이었지. 그래도 호크니 할아버지의 사랑 이야기가 정말 좋았다. 호크니의 '게이' 이야기는 그의 작품들과 버무려져 있었다. 작품에 그의 삶이 반영되고 있고, 사랑은 삶 속에서 아주 큰 비중을 차지하니까 애초에 사랑과 삶, 작품을 떨어뜨려 놓고 각각 담아낼 수는 없는 일이었다. 내가 아주 자연스럽게 범성애자가 될 수 있었던 데는 호크니 할아버지가 한몫 단단히 거들어주신 것도 같다.

데이비드 호크니를 사랑하는 또 하나의 이유가 바로 여

기 있다. 나는 범성애자라는 나의 정체성을 딱 호크니처럼 다루며 살고 싶다. 내 삶 속에서는 너무 크고 소중한 것, 나를 바라보는 세상에는 "뭐, 나 그것 말고도 대단한 수식어 많아"라고.

범성애자로 살아가며 "기왕 이렇게 된 것(?) 진짜 멋진 인생을 만들어 봐야지"라는 다짐을 더 자주 하고 있다. 나에게는 참 커다란 정체성, 이 범성애자라는 것이 나를 바라보는 타인에게는 "그럼에도 불구하고 그 사람은 일단 어떠어떠한 사람이잖아" 정도의 조각이 될 수 있도록.

뼛속까지 성장 지향형인 INFJ에게는 더할 나위 없이 마음에 드는 다짐이다.
덕분에 참 마음에 드는 내 삶이다.

큰 그림

"그런데 이건 진짜 시비 거는 게 아니고 그냥 진짜 순수하게"라는 쿠션을 깔아둔 "왜 굳이 공개적으로 커밍아웃을 하는 거야"라는 질문을 심심치 않게 받고 있다. 귀여운 나의 사람들. 그런 쿠션이 없어도 이미 당신들은 충분히 무해하다네. 그리고 나는 함부로 사람을 오해하지 않아.

게다가 그 궁금증 나도 많이 공감하고 있다. 내가 너고 네가 나였으면 나도 엄청 궁금했을 것 같거든. 삶에 거짓이 거의 없는 나지만 그래도 보여주고 싶은 조각만을 보여주는 경우는 많다. 커밍아웃 전의 나도 나고, 지금의 나도 그대로 나인데, 커다란 한 조각이 더 보여진 것뿐이니까. 이 말을 왜 했냐면 지금, 이 글에서만큼은 천을 다 걷어볼까 해서. 이 주제의 글에서 유독 '기왕 이렇게 된 것'이라는 표현을 자주 쓰고 싶어지는데 그럴 때마다 꾹 참고 있다. 그래도 뭐, 기왕 이렇게 된 것, 실컷 솔직해져 볼까.

첫 커밍아웃은 첫 여자 친구 때문에 하려고 했었다. 방송 출연까지 한 인플루언서 서울 기집애가 불안하다고 했으니까. 뭐, 그럴 수도 있겠지. 그 부분에서만큼은 다 맞춰주어야지 생각했었다. 나라면 나를 좋아할 가능성이 한 방울도 없는 사람을 꼬박 몇 년 동안 사랑하지는 못할 것 같았으니까. 얼마나 고맙고 소중해. 가슴앓이하며 나를 좋아해 주었던 그 시간만큼은 내가 이 사람 마음에 다 맞춰봐야겠다고 생각했다. 그래서, 불안하다고 하니까, 냅다 밝혀버릴까 했다. 그 직전에 멈췄다. 마음을 맞추는 것도 일단 행복하고 나서. 우리는 인간적으로 너무 불행했으니까. 지금 생각하면 그때 하지 않은 것이 아주 다행이다.

그래도 생각을 한번 해보았다고 그 이후로도 불쑥불쑥 '하고 싶다'라는 생각이 들었다. 세상에 나와 같은 사람이 있다는 것을 말하고 싶었고, 나와 같은 사람들에게 자그마한 공감과 위로를 선물하고 싶었다. 행복한 삶에 공감과 위로가 얼마나 필요한데. 나의 이야기를 나누면 나도 나와 같은 누군가도 조금 더 행복할 수 있을 것 같았다. 진짜로 좀 더 행복해지기도 했고!

작년 8월에 커밍아웃을 행동으로 옮기게 된 건, 사실 조금의 배신감과 분노가 시발점이 되었다. 오래도록 생각만 해오던 것에 진짜 첫걸음을 떼게 해주었으니, 그 나쁜 사람에게도 고마운 점은 딱 하나 있네.

지난 책을 계기로 어떤 사람을 알게 되었다. 운동을 하던 사람이었고, 공부만 했던 나는 원래 운동하는 사람을 좀 멋있어 했다. 내가 걸어보지 않은 길을 잘 걷고 있는 사람을 보면 참 멋있거든. 미지의 영역에서 반짝이는 건 원래 좀 더 경이로워 보이기 마련이니까.

잘 모르는 영역은 일단 존중하는 것이 맞다는 주의다. 조금 이해되지 않아도 '내가 잘 몰라서 그렇겠지. 저 분야만의 특수한 상황이 있겠지' 생각한다. 결론적으로 그 사람은 자신의 팬과 유사 바람을 피웠다. 내게 거짓말을 하고 자신의 팬과 단둘이 시간을 보냈다. 그 사건과 몇 가지 이기적인 태도가 쌓여 우리의 관계가 부서졌다. 상처 하나 없이 분노만 가득한 이별, 누군가를 애정없이 증오만 한가득 해본 적이 내게는 그때가 처음이자 마지막이다.

"일주일 내내 함께 있고 싶은 사람과 일주일 내내 떨어져 있어도 그 사람을 진심으로 믿고 응원할 수 있을 때, 그때 결혼해야지"라는 다짐을 몇 년째 가지고 있는 내게는 꽤나 가혹한 경험이었다. 성별이 같다는 사실이 내게는 설명할 수 없지만 아주 강렬한 안정감을 주었었는데. 이제 나는 누구를 믿을 수 있나. 남자도 여자도 통 믿지를 못하겠어서, 사랑이 참 소중한 내가 사랑을 할 수 없을 것 같았다.

그 기분을 가지고 한 두 달을 살다 보니 인간적으로 아주 많이 외로워졌다. 나의 주변에는 나와 같은 사람이 없어서, 맑고 따뜻한 친구들과 고맙고 든든한 내 가족이 나를 이해는 해주어도 공감은 해줄 수가 없어서, 과분한 삶 속에서 모순적으로 고립되어 가는 기분이었다. 공감받고 싶었고 위로받고 싶었다. 그럼, 지금보다야 조금 더 행복할 수 있겠지. 극복하고도 싶었다. 그 거지 같은 경험을. 그래서 다시 누군가를 믿고 마음 편히 단단한 사랑을 시작하고도 싶었다.

그렇게 어느새 1년이 지났다. 새로운 경험을 참 많이 하는 삶인데, 지난 1년은 또 한 번 나에게 참 새로웠다. 되돌아볼수록 후회는 작아지고 미소만 커지니 아무리 생각해도 참 잘한 일이다.

뭐, 처음 마음먹었던 건 그랬고, 하필 8월인 건 또 그랬지만, 그 얘기를 빼먹었다. 왜 마음 깊은 곳에서 불쑥불쑥 '하고 싶다'라는 생각을 했는지. 난 나의 이 행동들이 점점 별것 아니게 되었으면 한다. 이렇게 글을 쓸 거리조차 아니게 되길 바란다. 언젠가 나도 커밍아웃 말고, 범성애 말고, 그냥 아주 예쁜 내 사랑 이야기를 하고 싶다.

그러니까 커밍아웃이든 범성애든 성소수자든 그냥 아주 예쁜 사랑 이야기로 비추어졌으면 한다는 뜻이다.

사람은 낯선 것을 낯설어한다. 더 많이 접할수록 익숙해지고, 익숙한 것은 곧잘 익숙해한다. 아직 '낯설다'에 가까운 이 주제를 점점 '익숙하다'에 가져다 두고 싶다. "김진아가 범성애자래"라는 말에 "헉"이 아니라 "아, 그렇구나"라는 반응을 만들어보고 싶다. 내가 여자를 만난다는 사실 자체에 주목되기보다 내가 아주 좋은 사람과 아주 예쁜 사랑을 해나가는 모습이 비추어지면 좋겠다. 내가 그 사람을 '어쨌거나 여자'라서 만나는 것이 아니라 '아주 좋은 사람'이라서 만나는 것일 테니까. 나의 커밍아웃 큰 그림은 바로 이것. 외로워도 힘들어도 즐겁게 해볼 테니까 한 번 지켜봐 주시면 아주 감사하겠다.

김진아는 고양이를 좋아한대. 김진아는 사랑과 꿈, 행복이 전부래. 김진아는 매운 음식을 잘 먹는대. 김진아는 합정동 하늘길에 사는데, 동네 카페를 좋아해서 자주 출몰한대. 그런데 동네에서는 자꾸 쌩얼로 돌아다녀서 사람들이 못 알아본대. 그리고 김진아 말이야, 범성애자래.

짜장이야 짬뽕이야

"한 사람이 남자를 좋아하고 여자를 좋아하는 것의 문제는 그 사람이 짜장면을 좋아하는지 짬뽕을 좋아하는지의 문제와 같습니다. 맥락도, 정도도요."

내가 내 인생 최초의 커밍아웃 영상에서 한 말이다. 오죽하면 영상의 제목도 '사랑의 형태는 짬뽕이냐, 짜장이냐의 문제일 뿐이에요'였다. 오해는 마시라. 중국 음식을 그렇게 좋아하는 입맛은 아니다.

커밍아웃을 하려고 보니까 사실 서로가 서로를 이해하지 못해서 일어나는 세상의 수많은 불행이 그냥 다 비슷한 맥락인 것 같았다. 각자의 삶을 존중하고, 선 넘지 말고, 피해주지 말고, 나의 결 안에서 오롯한 나로 살아가며 최대한 행복하기. 바르게 즐겁기.

어쨌든 이건 내 커밍아웃 내용이고,
동시에 딱히 커밍아웃에 국한된 내용은 아니다.

이건 짜장이냐, 짬뽕이냐의 문제입니다. 제가 짜장을 좋아하든 짬뽕을 좋아하던 타인에게 지적받거나 설명해야 하는 일은 아니지요. 짜장도 짬뽕도 다 먹으라고 있는 음식인걸요. 굳이 설명하라고 하면 "제 취향이고 입맛입니다"가 시작이고 끝이에요. 저는 사실 짜장 짬뽕 다 좋아하는데요. 짬짜면을 먹지는 않습니다. 제 친구는 매운 걸 싫어해서 짬뽕을 먹지 못하지만 그래도 저와 같이 중국집은 꽤 자주 가요. 요즘엔 짬뽕보다 짜장을 훨씬 많이 좋아하고 있어요. 그렇다고 짜장면이면 뭐든 좋다는 뜻은 아닙니다. 묽은 짜장 소스는 싫어하고요. 양파가 많은 것을 좋아해요. 아무리 맛집이어도 화장실이 위생적이지 못한 곳은 절대 가지 않습니다. 그러니까 제가 짜장면을 너무 좋아한다고 해서 '짜장이면 뭐든 환영'일 것이라 생각하지는 말아주셔요. 짜장도 종류가 많고, 짬뽕도 종류가 많습니다. 묶어서 설명하면 짜장과 짬뽕 명인분들 섭섭해하셔요. 아참, 식사 내내 뭐라고 하실 거면 같이 중국집 안 갈 겁니다. 저는 제 식사 시간이 소중해요. 즐겁게 맛집 투어 하실 거면 환영이고요.

그럼, 모두, 맛있고 건강한 식사하세요!

청첩장

책에 담길 원고들을 정리하고 있는데 문득 여러분이 내 결혼식에 와주시면 참 좋겠다는 엉뚱한 생각이 들었다. 나의 결혼을 진심으로 기뻐할 이들이(이들만) 결혼식에 와주면 좋겠다는 바람은 오랫동안 가지고 있었다. "나는 내 결혼식에 아빠의 전 직장 후배분이 오시지는 않았으면 좋겠어. 솔직히 그분이 날 얼마나 축하해주겠어"라는 폭탄선언을 하고 오랫동안 아빠로 하여금 "아이고 내 축의금 아까워라"라며 끙끙 앓게 만들기도 했다.

사실 사랑의 과정 혹은 결실에 결혼이나 결혼식이 필수라고 생각하지는 않는다. 그것이 유일무이한 정답은 아니기도 하고. 다 각자의 취향 따라 살아가는 거지. 사랑도 삶의 일부이니 나에게 맞추어 커스터마이징하면 그것이 나에게만큼은 정답이다. 일단 나는 결혼은 꼭 하고 싶다. 자식을 낳을지 낳지 않을지 아니면 낳을 수 없는 관계와 결혼을 하게 될지 그렇게 되었을 때 또 다른 방식으로 자식이라는 존재가 생길지는 모르겠지만 일단 결혼은 꼭.

결혼을 하고 싶은 이유는 딱 하나다. 내 삶을 함께 살아가 주는 내가 아닌 존재, 그것도 변함없는 존재가 단 하나 있었으면 해서. 나에 대한 사랑과 혐오가 끊임없이 번갈아 가며 내 마음을 지배하는 삶에서 나와 꼭 붙어 있는 단 한 명의 존재만큼은 나에게 변함없는 애정의 마음을 가져주었으면 해서. 그 정도야 줄었다 늘었다 할지언정.

나이가 들수록 커지는, 지나온 세월과 두고 온 젊음에 대한 아쉬움을 기꺼이 외면하고 싶어서. 할 수 있었지만, 하지 않았고 잡을 수 있었지만 놓쳤고 선택하지 않았지만 선택해도 좋았을 법한 그 모든 부재에 대한 상념에 빠지고 싶지 않아서. 대신 그 자리에 쉬지 않고 쌓아온 우리의 추억을 채우고 싶어서. 유난히 재밌었던 어느 날을 지겹도록 이야기하며 젊은 날의 그 순간으로 날아가고 싶으면 마음껏 날아갈 수 있고 싶어서.

나의 삶을 나와 함께 꾸준히 겪어주는 또 한 사람이 있었으면 해서.

어쨌든 내가 그리 부유한 사람은 아니기도 하고 나의 사랑은 오페라보다는 동요에 가까워서 식물이 많고 새하얗게 단정한 작은 공간에서 식을 하고 싶다. 나의 가장 친한 친구 중 하나가 이미 사회를 맡아주기로 했다. "너는 그럼 신랑 신부냐, 신부 신부냐"하는데 그건 나도 몰라 친구야.

단정한 드레스를 입고 싶다. 이번 달 말에 친한 언니의 결혼식 사회를 봐주는데, 단아한 보름달 같은 그 언니가 갑자기 본식 드레스 가슴팍을 확 깠다. 그렇게 입고 싶단다. 본인 드레스 본인이 입고 싶은 것 입어야지 어쩔 테야. 평소에 안 입던 스타일이라서 그런지 첫눈에 끌렸단다. 어쩐지. 입고 싶은 대로 마음껏 입고 다니는 나는 단정한 드레스가 끌린다.

너무 많은 감정에 정신을 못 차리는 하루가 될 것 같다. 항상 나로, 항상 현재를 살아서 지난 나의 모습을 자주

잊는다. 그러니 그때는 과거가 될 지금의 여러분이 나를 좀 찾아주시라. 지금의, 그때는 지난날의 참 감사하고 소중한 사람들이 눈앞에 있으면 내가 좀 더 잘 살고 싶어질 것 같다. 행복하게 선하게 잘 반짝이면서 지금처럼 미약하지만 따뜻한 힘을 보태며 살아가 보겠다.

너무 아픈 사랑은 사랑이 아니었음을

"이제 우리 다시는 사랑으로 세상에 오지 말기."

꽤 오랫동안 이 가사 한 구절에 파묻혀 살았다. 노래든 영화든 공감을 바탕으로 만들어진다지만 가사 한 줄에 몰입하다 못해 빠져 죽어버릴 것 같은 기분은 또 처음이었다.

사랑 노래가 이토록 많은 것이 이상하게 느껴질 때가 있었다. 좋으면 만나고 싫으면 헤어지고, 때 되면 자고 일어나서 밥 먹고 할 일 하고 놀면 되지. 그땐 사랑을 참 몰랐다. 사랑을 모르니 인생도 모르고, 인생을 모르니 세상도 몰랐지.

"우리 서로 너무 좋아하면서 왜 헤어져야 해?"

듣자마자 두 팔에 소름이 돋을 정도로 지겨운 이 말을 결국 내가 했다. 내가 그 사람에게, 그 사람이 또 내게 했다. 처음은 모든 게 서툴러서 어긋난 것을 제대로 맞출 줄도, 이미 어긋난 것을 잘 놓을 줄을 몰랐다. 그냥 계속 서로를 갉아먹었다. 사랑하니까. 사랑하는 사이에 사랑하면 다 된 것 아니야?

좀 더 빨리 놓았으면 좋았을걸. 너무 아픈 사랑은 사랑이 아니었음을 조금만 더 빨리 알았으면 오래도록 흉터를 달고 살 일은 없었을지도 모르겠다. 흉터 제거 수술이라도 받아볼 수 있었으려나. 이제는 그냥 흉터 자체도 내 마음이다. 너와 내가 만든 상처가 흉터가 되고 그 흉터가 이제 그냥 내가 되었다.

올해 장마가 유독 매섭다. 사실 지난여름 장마를 홀라당 잊어버렸을 가능성이 크다. 어쨌거나 이런 폭력적인 표현을 쓰고 싶지는 않지만, 어떤 날의 폭우는 정말이지 전쟁이라도 난 것 같다. 그날도 마찬가지였다. 비가 너무 거세면 창밖의 빗줄기가 잘 보이지 않는다. 그냥 한없이 뿌예진다. 너무 잦다 싶게 이어지는 천둥소리가 온 건물을 흔들었다. 천둥의 진동이 등허리에서까지 느껴질 정도였다.

사실 이런 날도 나름대로는 매력적이다. 특유의 낮 어둠도 좋지. 밤과같이 어둡지는 않으면서 '흐리다'로는 충분히 표현할 수 없는 오묘한 어둠. 침대에 누워 창밖을 바라보고 있으면 나른한 포근함마저 느껴진다. 깜짝깜짝 놀라는 천둥소리도 지루한 일상을 조금은 흔들어주고 거대한 빗소리가 마음마저 씻어주는 것 같기도 하다.

그러니까 이 모든 매력은 내가 집 안에 있어서 가능한 일이라는 말을 하고 싶었다.

그러니까,
폭우도 낭만이다. 맞지만 않으면.
그 안에 서 있으면, 그게 과연 낭만일까.

나는 벗어났다. 물리적으로도 심리적으로도. 일단 무작정 떠나왔고, 그렇게 시간을 좀 흘려보내니 마음속에서도 그 사람이 완전히 흘러갔다. 우리가 만든 폭우 속에서 벗어나 나만의 보금자리로 돌아왔다. 네가 내 보금자리인 줄 알았는데, 나의 보금자리는 이곳이었다. 이곳에서도 누군가와 보금자리를 만들 수는 있겠지만, 더 이상 그게 당신은 아니다.

폭우 같은 사람이다. 벗어났기에 '너무 아픈 사랑' 이라고나마 사랑이라는 단어를 붙여볼 수 있게 되었다. 여전히 그 자리였다면 나는 사랑을 느낄 수 있을 정도의 단단한 마음은 가지고 있었을까. 너덜너덜해진 마음이 나를 더욱 연약하게 만들어, 나는 어떻게든 살고 싶어 그 썩은 가지를 집이라고, 나를 속이며 사랑하고 살아가고 있었을지도 모른다.

'이제 우리 다시는 사랑으로 세상에 오지 말기'

폭우에 휩쓸리는 경험은 한 번이면 되었고, 덕분에 온전한 나의 보금자리를 더욱 소중히 여길 수 있게 되었으니 그거면 또 한 번 되었다.

내 사랑은 내 편이야

"왜 사세요?"

"행복하려고요."

기억이 나지 않는 아득한 어느 날부터 내 삶의 이유는 항상 행복이었다. 최우선의 가치관도 행복, 삶의 목표도 행복이고, 내 삶을 이루는 크고 작은 행동의 초점 역시 행복이었고 행복이다. 꿈도 돈도 가족도 친구도. 행복하지 않으면 무슨 소용인데. 희생과 고통이 수반될 때도 그 안에 내가 판단한 나의 행복이 존재하기에 기꺼이 견딜 수 있는 것이다.

그래서 내 사랑은 내 편이다.
사랑하면 행복해서.

내가 이 '사랑'이라는 것을 참 좋아한다. 넓은 의미의 사랑을 모조리 좋아하고 있다. 나를 사랑하고, 내 앞에서 나른하게 누워있는 나의 고양이들을 사랑하고, 아등바등 살다가 이제 겨우 마련한 조그마한 나의 공간을 사랑하고. 내가 걸어온 길을 사랑하고 걸어가고 있는 발자국을 사랑하고 반짝이는 나의 꿈을 사랑한다. 나를 있게 한 관계를 사랑하고 나와 함께 있어 준 관계들을 사랑하고 나와 오래도록 하나가 될 관계를 사랑할 것이다. 따뜻함을 가져다주는 소식을 사랑하고, 뾰족한 세상 속 말랑한 일들을 사랑하고, 사랑하는 것이 마땅한 존재와 가치들을 사랑한다. 사랑할 수 있는 것들을 사랑할 때, 궁극적으로 느껴지는 그 행복을 가장 사랑한다.

좁은 의미의 사랑도 그래서 있는 그대로 사랑하고 드러낼 수 있었다. 나는 행복할 때 사랑하고 행복하지 않으면 사랑하지 않아서. 내가 행복한 사랑이라 당당하기 보다 사실 자랑스럽기도 했다. 짜잔. 부럽죠? 저 행복하답니다! 내 삶에서 나의 선택으로 내가 행복한데, 그럼 다른 게 다 무슨 상관인데.

나의 모습을 있는 그대로 사랑할 수 있게 되어서 더욱

행복해졌다. 용기고 당당함이고 사실 잘 모르겠고 그냥 나는 한 걸음 더 행복하기 위해 드러냈다. 그럼 내 모습 그 자체로 끄덕일 수 있어서. 돌고 돌아 다시 한번 나를 사랑해 볼 수 있어서.

내 사랑은 내 편이고,
그래서 마침내 나의 행복도 내 편이다.

Part 04.

Epilogue

나는 늘

나와 연애하는 마음으로

살아간다.

윤슬

오랜만에 집 앞 한강을 걸었다. '한강에 나가고 싶다'는 생각이 드는 걸 보니 이제 가을이 시작되는구나 싶었다. 여전히 덥기는 했지만.

한강을 그렇게 좋아하면서도 여름 내내 잊고 살았다. 덥고 습하고 따가운 해가 내리쬐는 한강은 내 마음이 필요로 하지 않았던 것인지 무서울 정도로 까맣게 잊고 올해의 여름을 통째로 살아냈다. 하지만 여전히 커다란 한강은 고스란히 나의 집 옆에서 흐르고 있고 덕분에 무의식의 어디쯤이 나의 발걸음을 다시 한강으로 옮겨놓았다.

공기 속에 더움과 시원함이 공존했다. 더위에 초점을 두면 다가오는 시원함이 반가웠고, 시원함에 무게를 두면 남아있는 더위의 잔상이 아쉬웠다. 역시 꿈보다는 해몽이고 내 행복은 내 마음에 달려있다.

그늘 길을 걷고 있자니 한강이 일렁이며 만들어내는 윤슬이 눈부셨다. 내가 한강을 좋아하는 가장 큰 이유기도 했다. 반짝거리는 것을 좋아하는 나에게 윤슬은 가장 자연스럽고도 커다란 반짝임이었다. 소란스레 인위적인 서울에서 안 그래도 작은 내가 더 잘게 부서지는 기분에 사로잡힐 때, 나는 가장 자연스럽고 커다란 행복을 윤슬을 보며 느낄 수 있었다. 눈앞에 있지만 손에 쥘 수는 없는 반짝임이 이상향 같다 생각한 적도 있다. 그럴 땐 조금 슬프기도 했다. 하지만 이상향은 '이상향'으로 남아있을 때 오직 완벽한 법. 엎어지면 코 닿는 곳에서 윤슬을 실컷 바라볼 수 있는 게 어디야. 돌고 돌아 윤슬 앞에 나는 결론적으로 행복했다.

하늘이 맑고 윤슬이 눈부시게 부서지는 것을 보니 다시 한번 '가을이구나' 생각했다. 좋았다. 가장 좋아하는 계절이라 말할 수는 없지만 아무튼 새로운 계절은 새로운 행복을 가져다주니까. 변화는 익숙함과 상반되고 익숙함은 행복을 느끼기에 퍽 좋은 조건이 아니다. 익숙함 속에서 충분히 감사하고 행복하려면 내 마음을 계속 일깨워주어야 한다. 마음속에 변화를 만들어내야 한다는 뜻이다. 10년 가까이 내 옆에서 뜨끈하게 잠들어있는 두 고양이라거나, 탄생부터 나라는 존재의 필요조건이던 나의 가족이라거나, 과거의 내가 참 뿌듯해했지만 이제는 그 정도로 자랑스럽지는 않은 지난날의 성취라거나.

여름 더위에 잔뜩 지쳐 콩알만큼 티 나는 초가을이 반가운 요즘이지만 고작 석 달 전만 해도 콩알만 한 여름이 반가웠다. 실컷 물에 담길 수 있는 계절이라는 사실만으로 좋았다. 일 년에 한 번씩 우리 둘이 꼭 챙기자고 약속한 U와의 여름휴가가 다가오는 것도 좋았다. 내게는 친언니와도 같은 다운 언니의 생일이 꼭 여름에 있어서 그 여름이 한 번 더 좋기도 했다. 여름은 덥고 습하고 망할 놈의 모기도 많지만, 그래도 여름만의 행복을 다시금 떠올리며 살다 보면 결론적으로 나는 여름 안에서 행복했다.

트렌치코트가 지겨워지면 때마침 겨울이 온다. 춥고 건조하고 한 해의 마침표가 허무하기도 하지만 동시에 겨울은 새하얗고 그 와중에 반짝이고 그 와중에 다시 한번 새로운 한 해를 맞이하게 해준다. 추위가 버거워질 때쯤 나의 생일이 있고, 생일 초를 불고 나면 봄이 온다. 봄은 성장통을 동반하는 계절이지만, 다행히 그보다 한 뼘 정도 더 큰 설렘을 가지고 있다. 성장통을 이겨내고 기어코 한 뼘 정도 더 커다란 어른이 되고 나면 다시 여름이고 나는 다시 퐁당 물에 담겨 휴가를 보내고, 계절 따라 한 바퀴 잊고 있던 한강의 윤슬을 다시 반가워하는 가을을 맞이할 수 있을 것이다.

이 세상 모든 존재와 상황은 필연적으로 '맥락' 앞에 자유로울 수 없기 때문에 모든 것은 시간이 지날수록 플러스와 마이너스가 한 데 뒤엉켜 수백 가지의 이유로 입체적이기 마련이지만, 그 안에서 행복의 요소를 부단히 찾아 헤맨다면 결론적으로 메이저한 행복 속에서 마이너한 불행과 역경을 이겨내며 살아갈 수 있을 터. 행복이 내 말을 잘 듣는 건 아니지만, 그렇다고 그렇게 매정하지만도 않은 것 같다. 다행히 그런 행복에 꽤 익숙한 사람이다. 딱 그런 존재가 우리 집에 있거든. 우리는 그것을 고양이라고 부르기로 했어요. 소유할 수 없지만 늘 곁에 있어 주고 그러다 한 번씩 손에 잡혀도 주는 것은 고양이, 그리고 행복. 그러므로, 내 삶의 색깔은 반짝이는 윤슬.

소유를 논하는 것이 무의미한 어떤 것.

눈앞에 두고 평생 느낄 수 있는 것.

그것은 행복.

나랑 나랑 연애하기

"당신 정말 대단하다!"

"어떻게 해야 당신 기분이 좋아질까?"

원체 다정한 연인을 좋아하는 내가 유독 좋아하는 두 가지 말이다. 다정함과 보살핌의 마음이 꿀처럼 뚝뚝 묻어나 듣는 것만으로도 마음 한 켠이 달큼해지는 말. 이 세상 그 누구도 아닌 딱 나의 연인에게서 시도 때도 없이 듣고 싶은 말. 그래서 큰따옴표 속 나는 '너'가 아닌 '당신'.

어릴 적 나의 양육자가 내게 시도 때도 없이 해주었던 말이기도 하다. 별것 아닌 것도 대단하게 만들어주었던 말. 어리고 순수한 내가 양육자의 말을 철석같이 믿어버리는 바람에 별것 아닌 나의 조각이 대단한 줄만 알았고, 근거 없는 자신감으로 그 조각을 열심히 키워나가 결국 조금은 별것으로 만들어내기도 했답니다. 그 별것은 휘청이는 어떤 어른의 나이가 애착 인형처럼 꼭 품고 살아가는 자존감이라는 것의 주춧돌이 되어 주었어요.

별 상관할 바 아닐 수 있는 나의 기분이 네게도 아주 중요한 것임을 느끼게 해주었던 말. 나조차 어찌해야 할지 모르겠는 나의 기분을 어떻게든 함께 해결해 보려고 하는 포근한 말. 보이는 것과 달리 꽤나 소심하고 눈치도 참 많이 보는 바람에 어두운 마음을 쉽게 내보이지 않았던 내게 아무런 조건 없이 내 마음이 너에게도 나만큼이나 중요할 수 있음을 증명해 주는 말.

'양육자'라거나 '보호자'라는 든든한 관계적 정의가 더 이상 당연하지 않은 나이가 되어버린 지금, 나는 때때로 나의 연인에게서 어릴 적 나의 두 보호자가 제공해 주었던 심리적 보금자리를 느끼고 싶은 것인지도 모른다. 어릴 땐 모르는 게 많아서 겁이 많았는데, 이제는 알수록 세상이 두려워서, 그러니까 꼭 네가 나 좀 보호해 주라. 나 좀 안아줘.

수많은 결핍을 마음의 점처럼 달고 사는 나이기도 하고, 꼭 고치고 싶지만, 관뚜껑 열기 전에 과연 고칠 수 있을까 싶은 회피 성향이 있기도 하고, 어쩔 땐 꽤 의존적인 사람이기도 하지만, 그래도 주객전도되지 않을 단단함 정도는 가지고 있다. 그러니까, 내가 네게 바라는 만큼 일단 내가 나에게 해주어야 한다는 사실 정도는 알고 있다는 말이다. 알고 있고 열심히 실천도 하고 있다. 나의 결핍을 네가 다 채워줄 수는 없지. 그것을 바래서도 안 되고. 나의 불안정을 내가 꽉 잡아주어야 나도 단단해질 수 있고, 단단한 상대를 거리낌 없이 사랑할 수 있고, 서로의 결핍을 나누어 건강히 채워낼 수 있지 않겠는가.

그래서 나는 늘 나와 연애하는 마음으로 살아간다. 이 나이쯤 되니 사랑하는 연인도, 사랑하는 친구들도, 완벽해서 사랑하는 것은 아니거든. 못난 부분도, 미운 성격도, 나쁜 버릇도 어쨌거나 나와 맞추고 덮을 수 있어서 사랑하며 살아간다. 내 눈에는 내가 사랑하는 이들이 가진 검은색보다 반짝이는 무지갯빛이 훨씬 더 크게 보이기 때문에. 예민한 못난이인 나도 너희에게는 어쨌거나 무지개겠지. 짚신도 짝이 있고 사람들 사이에도 '꼭 맞는 관계'가 있다. 나와 내가 사랑하는 사람들처럼.
그래서 늘 나는 나와 연애하는 마음이다. 나의 검은색을 받아들이고 내가 가진 작은 반짝임을 찾아내 커다랗게 호들갑 떨어주기. 별로 대단하지 않아도 대단하게 대해주기. 나의 우울을 무시하지 말기. 나의 우울을 다정함과 보살핌의 마음으로 다루어주기. 나는 나 자신인데 어째 나와 내가 자꾸 치고받고 싸워대지만, 그래도 지치지 않고 맞추어가려고 노력하기. 어찌저찌 늘 손잡고 걸어가기.

나랑 나랑 죽을 때까지 지지고 볶고 연애하며 살아가기.

쉽지는 않겠지만. 어쩌겠어.
사랑하는데.
힘내라.

조울의 글

“나 조울증인 것 같다”라는 말을 농담처럼 하며 살아왔는데 나의 글들을 한 데 모아보니 이게 더 이상 농담이 아닐 수도 있겠다는 생각이 들었다.

나의 글은 덩이덩이 제각각의 감정을 가지고 있다. 잔잔하게 행복했다가 바닥까지 우울하기도 하고 냉소를 지어 보였다가도 다시 아이처럼 즐겁다. 각각의 감정들은 아마 글을 써 내려가며 느낀 감정이라거나 글에 담긴 에피소드를 경험했을 당시의 감정, 또는 한 조각의 에피소드에서 뻗어나간 생각 속에 들어있는 감정이겠지. 수많은 감정들을 이렇게 한 권의 책으로 엮어 통째로 바라보면 마치 조울증을 텍스트로 발현한 것 같다.

그래서 나는 한 데 엮인 나의 책이 고맙다.
하루하루의 내가 모여 나의 삶과 닮아있다.

조울은 당연한 것이라는 말을 하고 싶었다. 인생의 비중을 80%의 즐거움과 20%의 우울로 채우고 싶지만, 도화지 한 장을 우울로 가득 칠하고 그 안에 유쾌의 점을 딱 하나 찍어낼 때도 빈번하다. 물론 그 반대의 날들도 많고.

끝없이 이어지는 일상의 조울을 당연하게 받아들이자는 제안을 하고 싶었다. 우리끼리 하는 약속처럼 새끼손가락 꼭 걸고 함께 다짐해 보자고.

우울, 불안, 후회, 자괴.
행복, 안정, 희열, 만족.

나를 찾아오면 그냥 느끼면 되는 것. 독감처럼 왔다가 독감처럼 지나가고, 잊고 살다 보면 다시 내 앞에 나타나 나의 하루를 집어삼키는 것. 죽어버릴 것 같다가도 언제 그랬냐는 듯이 사라져 버리는 것. 놀이공원 같은 것. 떠올리면 즐겁고, 계획만으로 설레고, 현재가 되면 의외로 피곤하다가도 다시 그 기억으로 살아가게 하는 어떠한 힘 같은 것.

감기약과 놀이공원처럼 나의 글을 읽어주시면 좋겠다는 마음이 들었다. 발현된 증상에 맞추어 처방된 감기약처럼 그날의 마음에 가장 잘 맞는 나의 글 한 토막을 거리낌 없이 꿀꺽 삼켜주셨길. 지난날의 놀이공원처럼 추억하고 때로는 조금 무리하더라도 한 번씩 찾아가 즐겨주시길.

당연하게 받아들이고 있는 어떤 모양새의 외로움이, 작가와 독자로 이곳에 한 데 엉키는 모양새에 대한 상상만으로 퍽 완전하게 치유되는 기분이다.

이루 표현할 길이 없이 아주 소중한 기분이다.

나는 가끔
나와 헤어지고 싶다

2024년 10월 23일 초판 1쇄 발행

글 김진아 (인스타그램 @jinjin.pink)
일러스트 설찌 (인스타그램 @seol.zzi)
발행인 박윤희

발행처 도서출판 이곳　**디자인** 디자인스튜디오 이곳
등록 2018. 10. 8 신고번호 제2018-000118호　**주소** 서울 송파구 송파대로44길 9(송파동)
이메일 bookndesign@daum.net　**홈페이지** https://bookndesign.com
팩스 0504.062.2548　**블로그** blog.naver.com/designit　**인스타그램** @book_n_design

ISBN 979-11-93519-25-7(03810)

도서출판 이곳
우리는 단순히 책을 만들지 않습니다.
작가와 책이 마주치는 이곳에서 끊임없이 나음을 너머 다름을 생각합니다.